Die unendliche Suche nach dem anderen Ufer

Epos in drei Gesängen

Sylvie Kandé

Die unendliche Suche nach dem anderen Ufer

Epos in drei Gesängen

Aus dem Französischen von
Leo Pinke
und
Tim Trzaskalik

Matthes & Seitz Berlin

Für Joseph Ki-Zerbo

Ihr hattet mir Arbeit versprochen
Ihr hattet mir etwas zu essen versprochen
Ihr hattet mir richtige Beschäftigung und Hoffnung versprochen
In Wahrheit nichts von all dem bislang.
Drum hau' ich ab
Drum mach' ich mich in dieser Piroge aus dem Staub.

DIDIER AWADI

Gib mir die Muskeln dieser Piroge auf dem aufgewühlten Meer
und die überzeugende Freude der Flügelschnecke der frohen
Botschaft!

AIMÉ CÉSAIRE

Ein günstiger Windstoß und die Chinesen haben Lissabon entdeckt.

PIERRE CHAUNU

Tod Schönheit Ruhm Ewigkeit! Arbeiten
Des Sämanns im Funkeln des Raums; ihm kommt
Das SALZ schmerzensreich, und ihm vergeht es immer.

ÉDOUARD GLISSANT

Mit dem König Don Sebastian an Bord
Und hissend, zu einem Namen, sehr hoch die Flagge
Des Reichs,
War's das letzte Schiff, unter der finstren, verlassenen
Sonne, inmitten von Tränen aus Angst
Und geheimnisvollen Vorahnungen.

Und ward nimmer gesehen. Auf welcher unbekannten Insel
Legte es an? Wird es wiederkehren
Von seiner ungewissen Bestimmung?
Gott wacht über Gestalt und Form der Zukunft,
Aber Sein Licht projiziert sie, ein Traum obskur
Und kurz.

FERNANDO PESSOA

Aissa legte sieben Jademurmeln in jedes der Felder ihr gegenüber. Bei dieser Variante blieb die rechte Seite der Piroge leer. Rama tat es ihr nach. Ihre Hände hielten inne am Saum der großen Kluft. Sie war das Meer, das zu Beginn immer ganz verlassen dalag.

KHADY SYLLA

Das abgrundtiefe Meer ist erholsam
Nun, ich begab mich auf Pilgerschaft zu diesen Abgründen
Aber angefochten das Meer
fesselnd die Algen
die Irrgärten des Gesetzes
sträflicher das Tierreich
denn je
die zu den Verboten hinzukommenden Baken
führe ich wieder diese Primus-Geste aus.
Mein Mund geschwärzt von einem blutigen Tohuwabohu.

TCHICAYA U TAM'SI

Vorbemerkung

1325: Nach seinem Pilgeraufenthalt in Mekka begab sich Mansa Musa, der Kaiser von Mali, nach Kairo, wo man ihn fragte, wie er an die Macht gekommen sei. Er erklärte:

»Der König, der mein Vorgänger war, weigerte sich zu glauben, dass es unmöglich sei, die äußerste Grenze des Ozeans zu entdecken, und brannte darauf, dies zu tun. Also schickte er eine Flotte los: 200 Pirogen mit Matrosen und weitere 200 mit Gold, Wasser und Proviant für mehrere Jahre. Dem Kapitän befahl er, erst dann umzukehren, wenn das andere Ufer erreicht sei oder aber Wasser und Proviant zur Neige gehen sollten. Es war schon viel Zeit verstrichen seit dem Aufbruch der Flotte, als eines Tages eines der Boote zurückkam. Auf die Fragen unseres Königs antwortete der Kapitän: »Eure Majestät, wir sind bis zu einer starken Strömung gekommen, die einem Fluss ähnelte. Da sich mein Boot ganz am Ende der Flotte befand, sah ich, wie sich vor mir die anderen Schiffe in die Strömung begaben; bald schon verlor ich sie aus den Augen und ich weiß nicht, was aus ihnen geworden ist. So habe ich rasch kehrt gemacht und stehe nun vor Ihnen.« Aber der Kaiser schenkte seinen Worten keinen Glauben und befrachtete zweitausend Boote. Tausend für sich und seine Männer, und tausend für den Proviant. Nachdem er mir die Regentschaft über das Reich anvertraut hatte, stach er in See und ward nimmer gesehen, weder er noch einer seiner Gefährten. Daher habe ich mich des Zepters zur Gänze angenommen.« (Frei nach al-Umari.)

Die unendliche Suche nach dem anderen Ufer, *neo-epische Erzählung, schildert die Tribulationen, Triumphe und Kontemplationen all jener, die sich aus Abenteuerlust, Erkenntnisdurst oder ökonomischer Notwendigkeit in Pirogen auf den Atlantik begeben. Gestern nahmen Tausende unter der Führung von Abubakari II., alias Bata Manden Bori, alias Manden Mori oder Bakari, Kurs auf Amerika; heute befahren Zehntausende in der Hoffnung, Europa zu erreichen, wagemutig den Ozean. Zwischen den Zeilen fragt der Text nach der Möglichkeit einer anderen Geschichte, hätten die malischen Expeditionen vor Christoph Kolumbus Amerika »entdeckt«.*

S. K.

I

Sie rudern fortan sie rudern sang- und klanglos
Seit wann ja seit wann schon … wer weiß es in Jahren …
seit wie vielen Inseln Morganas herbeigeweht vom Wind
ruderten sie schlingersatt mit Gischtgalle …
Gedächtnisnebel des Mit-beiden-Beinen-auf-dem-Boden-Stehn
und Wimpern schlagen Schamade
Sie kümmert jetzt nur noch die Welle die kommt
                                        und geht
                                                        und zurückkommt

Bauern die sich erst spät zu Seefahrern machten
sie takten ihren Leib
mit ihrem verschlissenen Ruderblatt zu spalten
die malvenfarbenen Schollen der riesigen Salzsavanne
in der sich keine Furche abzeichnet
kein Saatkorn keimt
(Doch das Meer zu sagen
geziemen sich die Wörter der Erde kaum)
Zu Beginn dieses Traums
waren sie die Myriade
nicht mehr nicht weniger
und fuhren lachend übers Korallenriff mit seinen roten Blumen:
Bleiben noch drei Barken auf Erdriftung
randvoll und am Rande des Kenterns

Das Paddeln hat ihre Arme zu Paddeln gemacht

Paddeln vernietet mit ihren knorrigen braunen Leibern
und ihre salzzerfressenen Füße sind nur noch Stümpfe
die am Rumpf aus sieben klaffenden Wunden saugnapfen
Aus dem Taumel ihres Schmerzes schöpfen sie die Kraft noch
    immer zu rudern:
hochtrabend der Eifer jener die ihn kennen ihren nahen
Tod und lieber hinausblicken über das was ganz gewiss ist

Im Boot das die Flotte anführt rudern sie in schönem Einklang
(Barone und Handwerker
Gefangene und Bogenschützen)
Kolaspuren an ihren bitteren Lippen
und ohne abzutakeln
abgesehen von zwei Tröpfen die sich in der Bilge suhlen
und nur zu dröhnen aufhören
um die vogellose Wolke geifernd zu verfluchen:
Ihr Wahn eben erst ausgebrochen bezeugt sich mit Getöse
Abgesehen auch vom blutjungen Knaben
vom Sonnenpech fix und fertig und verglüht

Dabei hatte er seiner Geliebten versprochen
zurückzukommen mit lauter Glanz und Gloria
dass man selbst seine niedere Herkunft vergäße
und ihn erlöste von seiner Anmaßung
sie um jeden Preis zu seiner Ehre zu machen
Ich werde mich über Wasser halten
und nach meiner Rückkehr wirst du mich lieben
Aus der zweiten Piroge hieß man den Bestatter kommen
um das Kind zu versenken
mit einem Nichts als Sakrament
oder aber ein paar Gebeten: je nach der Quelle
Verschwiegen legen sich die anderen Schiffer weiter in die Riemen
umso entschlossener und geschmeidiger

als die Mühe zur Stunde kein Ende mehr kennt
Welch Zerreißprobe ist die Pein

Wir waren gerade dabei
im Stehen zu rudern für unsren Glauben
für den Manden und vor allem unsren König
Bata Manden Bori mit klingenden Gesten
Für ihn der auch Abubakari der Zweite geheißen
Für ihn den alle flehen und der nur Gott fleht

Doch da verlässt er urplötzlich den Verschlag
in dem er gewöhnlich seitlings ruht
Ellbogen angewinkelt und Nacken auf die Hand gestützt
in seine Achselhöhle geschmiegt die abessinische Katze
die Flauten und Stürme
Nebel und Wolkenbrüche
unfehlbar vorhersagen kann
Und nun gleitet unser Prinz
zwischen lauter Fetzen deren Schneider der Seegang war
unter den Baldachin der in den Farben unsres Reichs erstrahlt
gelber und roter Stoff
dessen Glanz vom Wappen noch übertroffen wird:
einem stattlichen goldenen Geier
im Sinkflug und mit gestrecktem Hals
Wir seine getreuen Gefreiten
sorgen uns um sein Gleichgewicht
und lockern wenn auch mit Mühe
den Bogen unsrer Lenden

Sein behutsamer Schritt aber der des anmutigen Ibis
gleichmütig sozusagen
gegenüber dem unendlichen Hader der Gischt
Sein Tambour folgt ihm auf den Fersen: eine zierliche Frau

(das Funkeln eines Rings an jedem ihrer flinken Finger)
deren Stimme wie ein Säbel die Luft schneidet
und den endlosen Fluten die schwarzen Kämme stutzt
Wer mehr als du Simbon
verdient den schönen Namen Jäger …
Wer o Meister der Köcher

Hinter den Gitterstäben unsrer Wimpern
hören Fragen und Grübeln nicht auf mit ihren Ketten zu rasseln
während Abubakari zum Bug schreitet und repräsentiert
Seine notwüsten Haare flattern funkelnd in der Sturmbö
Seine schweißgesäumten Nüstern empfangen des Ozeans
    kräftigen Atem
(Gewiss ermisst seine erprobte Ehre auch die Tiefe des Grabens)

verdiente mehr als du den Namen Reisender
du der du inmitten grimmigen Händels mit weiten Ozeanen
    steckst …
Denn sie (die See) schwingt sich oft
auf ihre sattellosen Pferde
die im kriegerischen
Feh über den Schrecken trampeln
sich aufbäumen und in vollem Galopp herabstürzen
Man meinte sie kämpfen und tun sich zusammen
nach Lust und Laune mit ihren wilden Hufen
unsre drei letzten Pötte hart anzugehen
(Doch das Meer zu sagen
geziemen sich die Wörter des Krieges nicht)

Gleichsam gemartert vom Warten
sind wir seine Kanuten da nun
ein hängender
Tropfen Zeit

am
Blatt
der
P
a
d
d
e
l

Ach diese Paddel sprechen wir drüber (sagt sie)
Doch nicht bevor man mir Wasser eingeschenkt
mein Sagen zu befeuchten
nicht bevor man mir Honig gereicht
dass ich meine Worte versüße
Wäret ihr etwa wie die Bienen
des Reichs mit den sieben Toren
diese Jähzornigen die
mitten in der Trockenzeit
in dichtgedrängten bösen Kohorten
den Rand der Brunnen bewachen …
Was das ist alles was ihr mir zu bieten habt …
Söhne des Geizes glaubt ihr etwa
dass ich zurückgekehrt ins Lande Klar
die heldenhaften Taten jener singen werde
die mir die drei letzten Körner Hirse verwehren
die auf dem löchrigen Grunde dieser großen Truhe kleben
gestern noch Speisetrog heute schon Hunger-Trug …
Die gebende Hand steht immer über
der aufgehaltenen Hand (glaubt ihr)
Ich schimpfe ich rühme und übertreibe:
Nur ich kann sagen ich will
indem ich mit dem Finger auf mein Begehren zeige

Die Gabe gefällt mir doch sie verpflichtet mich zu nichts

Mehr noch Ja doch So ist's schon besser
Nun da ich mein Instrument stimme:
Seht ich reime und ihr rudert
für unsere Ahnen
für Bata Manden Bori unseren schönen Herrn
und für die Söhne und Töchter des Manden
Maninyan das bin ich Nassita Maninyan
ja in der Tat bin ich es die euch dienet
Glänzen ja ich glänze im Singen der Helden
(selbst Schande und Meineid
wenn es denn um sie geht
weiß ich durch ein Wort zu verhüllen
oder durch eine schöne Wendung)
Ihre Namen sage ich und rühme ihre Taten
auf dass sie nicht morgen schon vergessen sind
Denn die Geschichte wird zur Stiefmutter wenn das Gedächtnis
verwaist Diese Riemen sagte ich ein Wunderwerk:
Gefertigt aus Iroko-Holz
ein Beschlag aus Elfenbein am Griff
Um ihren Schaft winden sich ein Draht aus Kupfer und einer
    aus Eisen
wie meine Sage in der Glanz und Elend sich mischen
um eure Leben sich schlingt
und sie ausgeschweift zu Schicksalen taucht
in die Strudel der Poesie
und der Zeit
Wer mehr als du Mali-koi …

Die Ärmel umkrempelnd seiner Dalmatika
stellt er sich seinen Männern: Lasst uns reden
Nur die zwei Irren zetern lauter und lauter

Führer der Almadien und ihr wackere Gefährten
die ihr mich begleitet was sag' ich mich getragen auf
meinem Nachen
dass mein Fuß nicht rühre an des Strandes Prosa
einen Fels in den Fluten und den lästigen Spülsaum
Ruhm eurem weiten Herzen
Andere sind fortgegangen in Aufruhr
dorthin wo die Törichten die Küste wähnten
Wer zwei Eier zusammenschnürt so der erste
und er kratzt sich am Bauch
und kratzt bis es blutet
Der andere gluckst einer Alge Schwermut
klemmt zwischen seinen Gebissruinen

Ach nimmer werden wir bauen das neue Niani
niemals werden wir mauern ein zweites Dakajalan
Uns bleiben erspart der Grundstein und seine Verbrechen
unsre Götter werden keine schwächeren stürzen
Wir werden keiner widerspenstigen Erde gebieten
morgens Gast und abends Herr über Grund und Boden
unsre Hand unser Tun
Mitnichten aber sind wir ein Mali im Verderben
das eifrig der Wegzehrung Neige beklagt:
vielmehr ein unwiderruflicher Traum
der lieber über Bord geht als vernünftig zu werden
Unsre Reise war süß Paladine:
Sie begann eben erst und sie wird nicht enden
denn wir bleiben das Geratewohl des Meeres
zu entdecken seine Säume und ein jedes seiner Ufer

Lasst uns beten zu Ihm dessen beinah hundert Namen nicht
die Weite erschöpfen
und auch zum Herrn über die flüssigen Flure und den

Flug der Gischt
ich meine den Gott der die See ins Wallen bringt
indem er gigantische Abgründe dort gräbt
Wer o ausgezeichneter Pilger
und nehmen wir für sie die letzten Opfergaben
Mansa seinen Vasallen so liebenswert
(sie spuckt erfüllt von Bitternis
wegen seiner befremdlichen Geschwätzigkeit:
Bin ich denn nicht mehr Echo seiner erhabenen Stimme …)
verdiente mehr als du den Titel Horon …

Und schon wickelt man den Hauptmann der Ruderer
in einen Schurz schwarz und weiß in ein Leichentuch
das hier und da schon schimmelt so neu es auch ist
Er bittet seine Schiffer um Vergebung
seinen Tod ihm den Weg zu weisen
orakelnd dass sie wahrlich Witwen jeder Kausa sind
und das Weltenende strammen Schrittes schon naht
so denn eine Frau an des Krieges Bolon rührt
mit einem Löwenschwanze wedelnd
und unsre redselig gewordnen Könige
sich darin gefallen den Fetisch aus dem Sack zu lassen

Die Maninyan unterbricht diese Säuernis laut aufheulend:
Dein Mund Greis er lasse ab von mir und höre
Weißt Du etwa nicht dass bei der Verkündigung dieser Reise
unsre Fina und Djeli während ihres Rats
für die Amnesie sich ausgesprochen haben … Welch Schandtat
sagten sie Ein Mansa kapituliert nie
überlässt nicht sein Reich einem Regenten
Nichts als Hochmut Brüstete er sich gar Sunjata
in seinen Eroberungen zu übertrumpfen
das Werk des Generals Tiramagan zu vollenden

im Voraus die Pilgerreise Musa des Frommen zu verdunkeln …
Pfui welch Hochmut Wie erbärmlich dies Ansinnen
seinen Fuß und seine Waffen und Gesetze
aus den Gefilden Malis hinauszuführen
Für uns ist sie ausgemacht die Kausa
Basta Und kein Sterbenswort mehr
In der Tat Musa mit der starken Rechten
wird auf Niani Mamadu den Auguren folgen
der auf den guten Ko Mamadi gefolgt war
Meer und Verachtung werden ums Grab bringen
diesen Schwarmgeist diesen Rebellen
von dessen vermeintlicher Existenz
besser im Konjunktiv berichtet werden soll

Aus Zorn also griff ich zum Bolon Ngoni und griff zum
    Löwenschwanz
die mein Gemahl in einem Gelass aufbewahrte
und habe mich umgehend der Expedition angeschlossen
Was auch immer geschehe bei meinem Leben schwöre ich:
Nichts wird meinem Mund zu groß sein
Und zudem: Wer war's denn der uns die See vergällt …
So toben nun die Winde
den Schiffbrüchigen denen es graust:
An der Eigenschaft der Uferlosigkeit
erkennt man das Haus

In der dritten Pinasse
(jener der Frauen)
herrschen andere Sitten
Vier von ihnen sind unter die Wasserlinie getaucht
den Rumpf zusammenzuflicken
Andere pützen das steigende Wasser mit Kalebassen
Unter einem Schutzdach eine feine Dame

die sich ihre fahlen Haare flechten lässt und vergnügt
zusieht wie ihre Freundin massiert wird
während drei Kleine sich aufs Angeln versteifen
Abseits hält sich jene deren Schoß sich dem Saatkorn verschließt
und die ihr Ordal und ihre Jugend wollt' spenden
eine steinalte Schuld zu begleichen
in Wahrheit die andere aus der steinalten Zeit
Trotz Breschen und Brüchen
hält sie die Woge in Schach diese dritte Piroge
die schuftet und rackert
In ihr wird gelacht gebetet gerudert
werden Zoten gerissen über die Männer
und auch allerlei Lieder gesungen:
Selbst den Tod macht man zum Gespött
gänzlich ungeniert

Doch dieses Sprudeln es salzsäult nun
und die plötzlich ganz wässrigen Matrosenherzen suchen nach
Aufschub Heimtückische Stille: Das Meer in Keimruhe
schwallt schwankt schwatzt weiter
Schaut lieber wie Bata Manden Bori
das Schunkeln überkommt hoch und ernst auf den Planken
kreist er wippt und kippt er hin und her
Nun gerät er gar in eine geschwinde Trance
und wie jemand der beim Abflug sich fasst
hebt er bereits einen Fuß ganz rot vor Ungeduld
Ruck um Ruck abstrahiert und läutert er sich:
Seine Nase verlängert sich zu einem gekrümmten Schnabel
Die Ärmel seines Sagums verleihen ihm schöne Flügel
und sein Rücken befiedert sich über seine ganze Breite
Mit einem Satz schwingt er sich auf den Bug des Nachens
und die neuen Krallen greifen nach dem Klüverbaum
Es erschallt der Ruf des geleimten Vogels

der die Attrappe viel zu spät erkennt
Seht den König seht Manden Bori
eine Silhouette vorm rosa moirierten Horizont
am Vordersteven erstarren für immer verholzen
Der Vogelgleiche wird nurmehr seine Metamorphose sein

Im Verschlag geblieben
spricht der Imam tremulante Gebete
bejammernd diesen Dschihad der sich unvollendet
diese Pilgerfahrt ohne Sanktuarium
während unsre beiden arg Verwirrten abwechselnd
so tun als takelten sie sich ab
indem sie ein Bein über die Reling in den Wind setzen

Die anderen Männer greifen instinktiv nach den Waffen
die im Back verstaut liegen
die Rosskur gegen den Schrecken ist die Mannswut
die in ihnen pulsiert
An eure Namen und Ruder
kläfft der Hasenfuß unter den Kriegern
Hauptsache wir haben von der Schmach gekostet
Aber genug der Sprichwörter und Sentenzen
genug der Kalauer
So es denn unser Los ist werden wir eines Tages erfahren
an welch namenlosen Ufern die Wogen des Ozeans
mit seinem weiten Gedächtnis branden

Lange Zeit zerzaust am Bug stehend
(man meinte ein Reisigbündel
hastig verschnürt mit ein paar Lumpen)
schüttelt sich Nassita Maninyan schlussendlich:
Noch hölzern und wie von Krämpfen verzerrt
versucht sie sich an einem Marionettenschritt

Voller Ungeduld dem Spieler die Fäden
an denen sie willenlos um sich selbst sich dreht
aus der Hand zu reißen
löst sie sich wie ein Wirbelwind
triumphierend einige Pirouetten zu tanzen

Ach ihr unsren mein Wort lasse euren Kummer
verdunsten und sei euch Mahnung dem Abenteuer
zu folgen Warum (frage ich) solltet ihr denn
fern von euren brachliegenden Äckern und Ahnen
eure Leiber nicht weitertragen zu gewahren
Völker Länder und neues Wissen …
Eure einzige Furcht: dass der Tod euch abweisen könnte
euch die ihr nicht mehr Leben wünscht
als mit zwei hohlen Händen zu schöpfen
Und während sich eure Flöße leeren
geht ihr gar so weit ihn zu verschmähen
den Helden und sein unabweisbares Schicksal
den Seinen zu gebieten
in wirrer Zeit
– und sei es um den Preis
Getreue Genossen und Geschwister
mit in den Abgrund zu ziehen

Denn euch deucht dass ungeachtet der schönen Stöße
die ihr der Welle versetzt
Tausend weitere lauern
eure abgeschuppten Schiffsgerippe zu triezen
Doch schreibt es euch hinter die Ohren: So fern der allerletzte
auch sein mag ist er nur des jetzigen Vollendung
Und so fern so fern das Ufer auch sein mag
das entgeisterte Stechen das eintönige Anstürmen
der Fluten wird auf ihm versanden

Gefährten Glaube heißt das Gegengift wenn ihr verzweifelt:
Rings um euch habt ihr ja reichlich davon
Also taucht nur eure schartigen Paddel hinein
und zieht sie gestählt wie Schimitare wieder heraus
und (natürlich nur so es Gott denn gefällt)
wird die Erde plötzlich in Speerweite auftauchen

Doch uns den tristen Getreuen alter Duchten
betrübt allein der Gedanke an den Fährmann der Utopie
Manden Bukar Kaiser mit den klingenden Gesten
den wir liebten in schöner reiner Neigung
Ohne ihn was bedeutet da noch das Gelingen der forschen Fahrt …
Während seine Griotte uns rät mit weisen Sprüchen
erhebt sich Faran Dabo um sich besser Gehör zu verschaffen:
Alte Wunden eitern in seinem Gesicht
und mit jedem Wort das er spricht sprudelt sein Zahnfleisch Blut
Beim Anblick dieses Bogenschützen (einst prall und frohlockend
nach dem die Frauen sich wonnezitternd umsahen)
der nun so schmächtig ist dass die Armreifen
seiner fleischlosen Glieder an den Handgelenken hängen
wenden wir uns ab um vor Mitleid zu weinen

Warum hat er uns denn nicht gerettet entfährt's dem
  Eiterverschmierten
Diese Geschichte kennt ihr viel besser als ich:
Als der Flussgott Gambia zürnend dem Wind befahl
sich zu erheben und ihm dem Tiramagan kenterten
sieben der besten Pirogen seiner Flotte
da zückte jener also den Säbel
nahm all seinen Mut zusammen
und opferte seinen Finger der Flut Gottes
Es heißt die Flotte legte am anderen Ufer an
ohne weitere Havarien

Daraufhin schmettert auf der dritten Almade
mit offenem Haar Férinbé-Schoß-ohne-Freude
ihre Hände werden ihr zum Sprachrohr
eine ganz ähnliche Suade:
Ward Pemba nicht gezüchtigt da er erwog die Erde
die ihrer eigenen Plazenta entsprungen zu schwängern …
Abubakari wird bestraft da er so sehr darauf versteift
auf Streifzug zu gehen übers Meer zu fahren
der erstbesten Schimär sich vermählend
die seinen Geist verführte

Faran und Férinbé zerreißen sich das Maul
plärren die zwei Lunatischen noch immer auf der Hut
Warum heute dies Palaver …
Lauter noch holpern und poltern sie im Laufgang
verhaspeln im Tauwerk
und den Maschen der Netze
ihre kahle Blöße

Man empört sich man murrt Nassita schreitet ein
Ihr Rechtschaffenen Dabo kämpft mit dieser Metamorphose
und seine weltlichen Augen sie sind ganz
wie die euren blind für all jene Wunder
(Doch was kann schon vom schwer verständlichen Geheimnis
einer Glosse Zufall schildern …)
Groß jedoch ist es das Opfer eures Admirals
groß seine Liebe und größer noch sein schmerzliches Fehlen
O Mansa Abubakari königlicher Geier
Namensvetter von Manden Bori dem Altmeister der Jäger
Herr übers Eisen und Dreschflegel des Manden
so hilf mir ihnen dein Arkanum erläutern
Also sieht man in manchen Provinzen

wie die Küstenvölker
am Klüverbaum ihrer Boote
eine längliche vogelähnliche Tafel aus Holz befestigen:
Dort killen Wimpel und Fähnchen nach Windböen dürstend
Freunde hütet euch um einen Kaiser zu trauern
dessen Tod noch nicht ausgebrochen Ehren wir besser
seine Passion die eure Banner schlagen lässt
hoch über den Mühen dieser Überfahrt
Ehren wir diese Bastion
die ihn euch lehrt
den unsichtbaren Weg des Windes

Im Westen bricht ein Buschfeuer aus
Ruhm dem Meisterjäger dort am Heck kauernd
umgeben von lauter Kaurimuscheln:
Sein rechtes Auge vom purpurnen Wasser eingenommen
flammt Das linke entkernt
(Splitter eines Spiegels
über leerer Höhle)
wird bald das bestirnte Gewirr
der indigoblauen Himmel reflektieren
Ohne seinesgleichen heute so wie morgen
wird er Karamogo Dantouman geheißen
oder aber sagt der Aoide
Schlächter der Savannen Schnitter des Gesträuchs
und um sein Haupt da tobt die Dasselraserei
ihm zum Heiligenschein
In seiner besten Zeit
zog er durch die Wälder eine Dogge an seiner Seite
trank das Wasser modernder Moore
und schlief in hohlen Stämmen
die er den Gnomen streitig machte
Seine vernarbten holzigen Hände

lasen Spuren: Die eine hieß er töten
die andere Heilmittel pflücken
An Kräutern und Fleisch war sein Aaser reich gefüllt
aber seinen Mantel zierten seltsame Talismane
die Feiglingen und Räubern Warnung waren

Die Aufsässige erwacht sie säuselt und perlt
lässt ihre Lenden auf
und ab sich bewegen
als wollte sie ihn verlocken
Er jedoch der sich mit Großwild auskennt
hält ein Lächeln zurück:
Wüsste ich wo die See ihren Fetisch versteckt
wäre ihre letzte Stunde wahrlich gekommen
und ich ließe sie handzahm werden
Also sprach Dantouman der Herr der Fährten
der Nebenbuhler erbarmungsloser Raubkatzen
und setzte sich sein Blasrohr an die Lippen
immer auf der Suche nach dem besten Weg
zum Gnadenstoß
in das Herz der ruhlosen Querulantin

Ténemba Dantouman wackerer Kämpe
bist du wirklich der Mann einer so kostspieligen Geste …
Kommt es dir nicht eher zu die Orte zu scheiden …
Auf der einen Seite das Meer über das du wachst
spähend nach schrecklichen Wundern
aus drei Zeitaltern und sieben Richtungen
auf der anderen diese Nachen die du mit deinem leichten
    Flößerhaken lenkst
jede Nacht die am Firmament funkelnde Karte im Auge
und ohne zu zittern Kurs nehmend
auf die ewige Frage

Daher musstest du dich auch zusammennehmen
als du in Reichweite der Harpune auftauchen sahest
des Meerungeheuers mineralische Stirn
dessen kleines Auge entsetzt große Augen machte
Du versetztest ihm einen Stoß und noch einen zweiten:
Es röhrte mehr überrascht als zornig
Dein Lanzenregen schlug in seine steinerne Haut
frische Klüfte und blutige Krater
und du suchtest von weitem deine Spieße zu sichern
Verwirrt sahen deine Gefährten dich auftun
dreizehn Auswege der Gefahr sieben Tore dem Schatten
in den Flanken des Biestes bevor es versank
im namenlosen Dunkel hadalen Schlammes

Schon ist vorgerückt die Nacht und hat den Mond betört
In der Ferne hört man wie eine Herde von Zeichen
unter ihren Hufen die Wasserdünen zerstampft
die brechen um sich in ihrem Rücken wieder zu Bergen zu türmen
Zügellos stoßen sie und treten sich kräftig
während der Himmel unterm Gewicht einer Sintflut bricht
Die große Schlange rührt diese Brühe mit ihrem Schwanz
und ihre schuppigen Ringe schimmern im Dunst
Das Tosen schlagartig und ohnmächtig die alte Sprache
Ah Karamago Dantouman (Einauge und Hellseher)
zwei Wege die sich die Stirn bieten werden nicht zur Kreuzung:
Wo würdest du deine Opfergaben ablegen auf dieser trunknen
Salzheide …
Würdest Du noch auf die zehn Knoten zählen
die deine magischen Kordeln verkürzen
zu schützen die von der Besatzung noch übrig sind …
Ohne zu antworten taucht er seine labile Seele
in die Schrille der Fluten rings umher

und sieht alle Nachbilder hiesiger Dinge:
die Täler Berge und Städte der Toten
wo schon kesselweise gekocht wird
der Willkommensreis
für die vom Schiffbruch geschluckten Matrosen

Dantouman weiß seine Stunde hat geschlagen
Jedes Leben ist ein Leben pflegte er zu sagen
und ein jeder wird hundertfach seines Nächsten Tod bezahlen
falls jener sich denn als unverdient erweist
Herr die heißglühenden Steppen
sie sind mitnichten wie die brandenden Fluten
In dieser Welt ohne Staub
die du pilgernder Einsiedler mit deinen Augen maischtest
in Hülle und Fülle erntend das Nyama des Heils
waren wie es dir deuchte andere Sagen andere Riten vonnöten
(Doch die Immensität der See zu verstehen
was vermag schwächlicher Worte unerhörtes Ringen …)

Tosend nahen die Zeichen und sie türmen sich rasend schnell
eines überm anderen auf zu Kolossen
– ein Gemisch aus Luft und Gischt und Grölen
das die drei Strohhalme in Seenot
inmitten der Strudel und Wirbel überragt
Männer sind mit dem Pott vertäut und sie heulen
andere suchen sich mehr schlecht als recht Halt
am Dollbord oder am Pflichtanker
Einer der beiden Irren wird niedergestreckt von einer Ladung
    der See
Außer sich zappelt der andere wild
mit seinen ranken und schmierigen Krakenarmen
Dem Donner trotzend ertönt zeitweise ein Ruf:
Vergebens raffen wir unsere Worte zusammen schreit die Frau

Unsre Heilmittel vermögen nichts gegen den Orkan
Und da zu verzeihen der Wind sich nun weigert:
Blasen wir geordnet zum Rückzug

Eine andere Stimme moduliert eine Wehklage
sich sehnend nach der lieblichen Erde Malis
reich an Gold und mit üppigem Hochwald
nach seinen Flüssen den Fuhrmännern des Lebens
nach dem Djoliba der eint und scheidet die Länder
nach seinen Städten ummantelt von Tatas:
Dakalajan und Djeriba die Schützenden
Byty das mitten zwischen den Flüssen wacht
Kankaba und Niani die Altehrwürdigen
Kirina in brüderliches Blut getunkt
Aber wird Gott uns in seiner unendlichen Güte
verzeihen (sorgt sich der Imam
denn er hört in der Sturmbö
die langen Seufzer seiner Gläubigen)
all die hölzernen Amulette
die am Bug baumeln gegen die Ungewissheit
Möge Er der nach seinem Willen gibt und nimmt
uns beistehen wenn unsre letzte Stunde schlägt
Naréna die schöne Tabon Wagadou Méma-
wen-hast-du-vorbeikommen-sehen-der-sich-zur-rechten-Zeit-
    nach-ihr-umdrehen-wird
Kennt ihr Kélikoro die prüde …
und auch Djenné mit den zwei Namen und vier Wahrheiten

Zu mir Gefährten des Schicksals
Barone und Bogenschützen
Gefangene und Handwerker
Untertanen Malis und ihr anderen tributpflichtig
Und auch Kita Djéliba-Koro Tabon Niani Lehen der Konaté

Naréna die schöne Tabon Wagadou Méma
seid bereit und enttäuscht mich ja nicht
brüllt die Maninyan die sich wie gerädert gegen die Wegerung
lehnt
Jedem sein Jenseits
aber des Tapferen Ruhm er währt ewiglich
Und jedem sein Los
aber auch wo es an Pilgern mangelt hört die Pilgerschaft nicht auf
Rudert immer heftiger so rudert denn kräftiger

Denn der Pfeil der auf dich zielt
vermagst du es nicht
ihn fintenreich zu meiden
so soll er dir dringen mitten ins Herz
Einen nach dem anderen
ruft sie die Schiffer beim Namen
und auch beim Namen ihrer Mütter
Männer und Frauen hoher Tugend
stellt euch furchtlos drauf ein:
Gesteigert vergrößert
habt ihr seid euch gewiss
den Namen
In wahrer Ritterehre
lebten wir und sterben mit Begabung
Lassen wir unsre Leiden zeugen
von der Exzellenz unsres Epos
wie auch vom Glanze unsrer Hürden
Wie immer es ausgeht
prügelt die Welle und schaufelt den Wind:
Denn es wird kein Beinhaus sein
das ihr in den Tiefen schmückt
sondern der Worte Denkmal
das wir uns so glorreich errichten

damit die Sage an Land gelangt
ohne sich je dort zu begraben

Beweis durch den Gesang: Ein Blitz teilt soeben
die Haut des Himmels von der des Wassers
hörig ihrer hitzigen Begattung
Kauernd auf drei Kähnen die überall lecken
schmiegt sich das Heer der Schemen in den Schlitz
der Wellen und Flammen verschlossen ist
Die Reisenden werden nicht mehr rudern müssen:
Zum Unendlichen führt sie der Trott ihres Weges

Doch auf dem Grunde seegrüner Tiefen
da falten sie
ihre fleischlosen Hände
über ihren Schädeln
die Wiedergänger der Zunächst-Angeketteten-Gebrandmarkten-
Zerrissenen-und-dann-den-Bluthunden-des-Meeres-
Ausgelieferten-Schreckstummen-Wutschnaubenden-über-
Bord-Geworfenen
Nein die Geschichte schriebe sich nicht anders
und am Meer ist es die Fabel auf sich zu nehmen
seinen Blues zu wälzen über die Schiffbrüchigen
und die langen tristen Tafeln der Manen
in ihrer Totenstadt aus weißem Sand

II

Doch gehen wir zurück
und nehmen die Erzählung
an ihrer letzten Gabelung wieder auf
Kehren wir dem Pfad zur Linken den Rücken
und schildern zum Rückfall fest entschlossen
nun das Geschehen erneut mittels Retuschen

Sie hätten bis morgen rudern können
ihre langen hölzernen Ruderblätter in die Kämme tauchend
schaufelnd zu Haufen und Hügeln dies Wassergrün
das stur wiederkam sie zu rütteln zu schütteln
Aus den schrundigen Flossen sprießen Juwelen:
Jadetropfen Opalperlen und mitunter eines Diamanten Feuer
Dürstend fixiert jeder ein Kabbeln im Fernen
und sinnt für sich: Aus Liebe zu unsren Ahnen
wollen wir nach Leibeskräften bis dorthin gelangen
Aber nach und nach während sie vorwärtskommen
wandelt die Welle Farbe Form und auch Richtung:
Bald streift sie des ersten Bootes Achtersteven
ringelreiht wie toll schlägt Blasen und platzt direkt
vor ihren Augen bald flieht sie wie ein Wildtier
ihren Finten und Schlichen auszuweichen
Ach ihr lieben Freunde hört wer sich sagt
dem vermach' ich mich der verordnet sich die Sklaverei
Ohne Murren werden sie unsre Wortkargen
eine weitere Welle einen weiteren Wirbel anpeilen

zu sagen zu vermessen
dieses Tal ohne Echo
diesen wogenden Wahn
dies riesige Fehlen von Landschaft

Die heute in Pirogen fahren
(das Wahre ist mitunter hassenswert)
sie triezen die Fluten bloß
Wriggend ihren Launen nach
singen sie viel fischen ein wenig
Bei der geringsten Gierung
zieht ein Wetter auf
machen kehrt Hals über Kopf unsre Küstenschiffer
lasten dieses böse Los ihren Nächsten an
und legen schon ihre Seele in Gottes Hand
Dann reißen sie die Ruder hoch
lassen die Barkasse zitternd stranden im Sand
wo sie allein zurückbleibt bis sich wieder die Sonne zeigt
Mal ehrlich die heute in Pirogen fahren
wissen Wind und Welle nicht mehr zu zähmen

Zur rechten Zeit: *Die Wahrheit rötet das Auge ohne es*
auszustechen
Die Kanuten Abubakaris des Zweiten
dieses wahren Nachfahren unsres Reichsgründers
dieses Helden geboren sein besonderes Schicksal zu erfüllen
dieses Lehnsherren ganz sondergleichen
Und sei bitte so gnädig dich nicht kurz zu fassen
unsres Kaisers aufgebrochen in der Blüte seiner Jahre
mit seinen Getreuen und seinem Gefolge
zu entdecken den Saum der Meere der Erde Ränder
um dort manch großes Reich in die Knie zu zwingen
Heere aufzureiben dem Feind den Tod zu bringen

Mansa Abubakari Bata Manden Bori geheißen
dieses Mannskerls der seinen festen feurigen Blick
aufs Ungewisse setzt und auf die Reling
seinen feinen karminroten Stiefel aus Leder
Manden Boris kerzengerade wie eine Delebpalme
kerzengerade wie eine Delebpalme und wie sie ohne
Nachkommenschaft
die Kanuten sagte ich euch dieses Wunderkönigs
sie hätten bis zur Erschöpfung rudern können

Schluss jetzt: Soviel ich weiß
war unser Kaiser (Mansa mehr denn Fama)
Eroberungen wenig zugeneigt
Ergriffen seit je von den geistigen Dingen
floh er Lobreden nicht weniger als Schlachten
Seine große Liebe zur Lehre brachte ihn
bekanntlich oftmals um den wohlverdienten Schlaf
bis das Morgengrauen ihm dann Einhalt gebot
Sein schweres Haupt krümmte ihm den Rücken und lähmte
seinen Schritt
seine Pupillen weit und blass und mittagsscheu
Hartnäckiger Vermesser weißer Galaxien
aß Bubakar kaum
und mied seine Frauen

Was … Ich sehe ihn eifrig und in vollem Safte stehen
sein Narbengesicht und sein makelloses Lächeln
den Dolch im Schaft seiner Ungeduld nachzustellen
mit dem Blick des Geiers seines Wiedergängers
wehrt er ab alle Pfeile die nach ihm trachten
entdeckt das Gold das ihm zu melden man vergisst
vögelt eine Kurtisane oder durchbohrt einen Feind
Den Koran ich bezeug's hat er nie gelesen

Ich beharre drauf er sprach nur wenig
und im Lauf seines forschenden Daseins
überlud er sein Gedächtnis und zweifelte an seinem Schatten
Immer ganz Ohr für das Raunen alles Göttlichen
war er von einer Frage besessen: zu wissen
ob die Welt rund wie eine Kalebasse sei
oder flach wie der Handteller des Friedens
ob eine einzige Erde es litt dass an ihren Säumen
der Ozean mit seinem wuchtigen Stoßdegen
ihre langen Finger aus Sand Kreide und Fels stutzte

Ich sage er spricht nur wenig
aber kräftig die Geste und scharf des Wortes Klinge – und
ungeheuer
argwöhnisch gegen Geschwätz und Gehabe
Ein jeder spürt es: Auf diesem Solitär
lastet des Schicksals Bürde
Da er so lange Leid und Duld ertragen
kann er endlich frohlocken und strafen
denn allein die Tat weiß sein Herz zu kühlen
Sein Lateritreich er verließ es nur
um einen Seeweg zu bahnen
für Schiffskarawanen schwerbeladen
mit Männern Weihrauch und kostbaren Hölzern
– und dazu noch einen Ballast
an Goldstaub und -klumpen
Eskortiert von den besten seiner Matrosen
die hier nun nach einem Ankerplatz suchen
in einer verborgenen Bucht seiner Ansinnen
Er hat für sich alles Gold auf der Erde
und will nun auch alles Salz
Doch spricht er zuweilen davon

so ohne ein Wort zu sagen

O verhehlter König dessen Unheilsbegehr
Es tötet nur der Tod
und allein der Glaube erlöst
Nacht um Nacht eingeschäkelt wurde
zum Leidwesen deiner Untertanen
Nur das Leben berührt:
Kein langes Leben hat wer immer Beben schürt

Nun jener Tag hatte nach der Stunde aus Milch
auch die aus Gold und dann die aus Blut erfahren
(doch was ist ein Tag der sich gegen sein Ende verwahrt …)
als zu rudern sich plötzlich die Ruderer weigern
Eher gewillt zu sterben als fortzufahren
pressen sie ihre harten und prallen Arme
auf die Knie die vor Anstrengung ganz steif
und beugen alle zusammen den Kopf
auf einen von Würmern sich blähenden Bauch
Soll er sich doch der Wind an ihnen austoben
Soll Soli der Rudermeister ihre Nacken peitschen
und ihre Lenden überziehen mit zischenden Reizen
kurzum tausendfach sie zwingen
Das Unglück geht stets mit seinem Morgen schwanger:
Nur darf der Schmach
dein Fremdling nicht Zeuge sein.

Unter seinem Zelt wo Banner knattern
spürt der König verärgert dass man an Fahrt verliert
wie's ihm den Atem verschlägt
ihn die Zornesröte überkommt:
Wer hat diesen Ruderern Mut gemacht
ohne Anweisung meine Galeeren anzuhalten …

Sein Kammerherr erscheint und bittet ihn mit Nachdruck
diesen nur zu berechtigten Zorn abzuwägen
wenn er vom Schlagmann all ihre Beschwerden erfahre

Wie ein wurmstichiger Mast bricht Soli der Riese
unvermittelt zur Audienz bestellt
mit seiner ganzen imposanten Statur
vor den Stufen der Schiffsbrücke zusammen
wo der Schemel des Königs unter einem Baldachin steht
Dort sind auch sein Gebetskranz und sein Gebetsteppich
eine silberne Wasserkanne für seine Waschungen
Sein Lesestein zwei Portolane von Pilgerstätten
die er von einer Salzkarawane bekommen hatte
Zauberbücher aus Timbuktu
Börsen voller Goldperlen und Tibar
Leuchter in denen die Karitébutter hart wird
Krummsäbel und Lanzen
Lotionen zum Einreiben
sein Waré-Spiel
und sogar ein Saker auf einer Stange
Da ganz in sein indiskretes Spiel vertieft der Seegang
zwischen den Ritzen der Vorhänge
das abendliche Profil des schönen Abubakari offenbart
wendet er Soli der Starke ab seinen Blick
von den zerschlissenen Kleidern des Kaisers
aus Angst dass man in ihm gewahre
vermischt mit gebotenem heiligen Schrecken
einen Hauch von Hass einen Anflug von Mitleid

Majestät was für Gemüter die abertausend Rekruten
die als erste sich einschifften nach Unbekannt
ihre Väter übertrumpfend deinen Namen ehrend
Alle erflehten von Dir erwählt zu werden

für das sehr befremdliche Abenteuer:
Dieser setzte seine Zaubertränke ein
jener ließ seine Beziehungen spielen
und die Reichen verpflichteten zahlreiche Griots
um jedermann von ihren unglaublichen Tugenden zu künden
Die Händler häuften bereits Bündel und Ballen an
und die Krieger polierten ihre Waffen
Fahnenflucht vor dem König kam nicht in Frage
denn eure unbeschnittenen oder untauglichen Verwandten
sie wären an eurer Stelle zur Stelle gewesen
und das hartnäckige Gerücht über euer Fernbleiben
es wäre euch fortan auf Schritt und Tritt gefolgt.
Und einige Zurückgestellte taten es
Tiramagan nach der unverzagt Sunjata angeboten
für ihn und für die Ehre zu kämpfen
gegen den König der Wolof seinen Nachbarn der säumig gewesen
dreiunddreißig Hengste gebührend zu liefern:
Sie gruben sich gleich ein Grab und legten sich
in Leichentücher gehüllt hinein
Die Frauen wollten natürlich auch mit
Sie führten ins Feld dass ihr Mut und Auftreten
stets des Manden würdig gewesen
Die wieder an ihren Herd geschickt wurden
schimpften auf die schimmernde Flut und drohten
ihre schönsten Edelsteine in den Schoß der See zu werfen
Schmücke dich damit schamlose Rivalin die unsere Männer
entrückt
spüle unsere Ahnenreihen fort und lasse uns kinderlos zurück
Um es klar und kurz zu sagen:
Eure Wirkkraft auf uns
Mansa war vollkommen

Majestät entsinne dich der sandigen Esplanade

die dem Flussmund abzutrotzen war
um unsre Almaden zu bauen und auszubessern
zum Stapeln der Vorräte zum Quartier für die Männer
Entsinne dich der Menge die am Strand sich niederließ:
Zunächst kamen da die Schmiede Fischer und Zimmerleut'
eine ganze Jahreszeit immerfort schuftend
Und wie man stromaufwärts begann die Bäume zu fällen
die riesigen Stämme zu flößen
– aber nur die mit den schweifenden braunen Masern
deren violettem Harz Alge und Salz munden
und deren Laub wie ein Segel in den Wind fasst
(Denn was sagt mir ist ein Baum der nicht in seinem grünen
  Verlangen
nach offener Höhe über den Himmel herfiele …)
Bei der Ankunft in Empfang genommen
von den Meistern der Axt wurden sie im Herzen
ausgehöhlt beim Getrommel der Trommeln
Und die dicke Rohform jeden Rumpfes
wurde zwischen Schraubstöcke geklemmt und abgeflämmt
– die Schiffsschnäbel hingegen wurden mit der Dechsel behauen
Derweil waren schon Seiler Töpfer Weber da
und boten überall ihre Handwerkskunst feil
Man entriss den Baobabs die raue Rinde
um daraus Taue und Schoten herzustellen
Man nahm die Nüsse des Karitébaums
und vom Kapokbaum die gute Wolle
in den Planken noch die kleinsten Breschen abzudichten
Da es auch Teer brauchte
wurden in Kumpfen Harze und Öle vermischt
Allerlei Pigmente wurden zermahlen
die Überwasserschiffe hübsch zu bemalen
Abzeichen und Gelübde auf sie zu schreiben
Reusen Fangkörbe rote Wurfnetze wurden hergestellt

Anker Ersatzruder und Schotten
Truhen Roste und Wedel
und Gott weiß was noch alles
So helft mir doch die Szene zur Sprache zu bringen
mit einigen Wendungen einem Refrain Beiworten
dass ich mich ein wenig erholen und Atem schöpfen kann
Mein Rudermeister warum
warum dieses kluge Selbstgespräch verderben
durch unzeitige Possen …
Die herrliche Baustelle barocken Treibens
ist nunmehr ganz und gar dein Werk

Nun gut Joppen und Festkleider wurden gewebt
und feine Palm- und Bastmatten
die an der Bemastung befestigt wurden
Dann waren Verwalter Marketenderinnen und Ovaten
Heiler und Hexenjäger an der Reihe
am Strand ihre Lager aufzuschlagen
Die einen trockneten massenhaft Fisch
zerlegten das Wild schnitten das Räucherfleisch zu
Die anderen fertigten Salben und Talismane
Tränke Zaubersprüche und Wundermittel an
Erdnüsse und Yams wurden eingefrachtet
Säcke randvoll mit Datteln und Tamarinden
Und Pfefferpaste ward reichlich zubereitet
In der Kühle der Lagerräume gab's Wasser
Palmwein und Hirsebier im Überfluss
Indessen richtete man die Kombüsen
am Bug der Pirogen ein um unterwegs
warme Mahlzeiten zu genießen

Die zwölf Tore Malis sie sandten in Hülle und Fülle
ohne zu zaudern Tribut und Botschafter

sodass sich von allen Stämmen die Erlesensten
bald schon am Ufer versammelt fanden
Es waren da im Gefolge ihrer Fürsten
Argoleten und Marabuts Handwerker Weise
ganz zu schweigen von den Kultvorstehern und ihren herrlichen
Bolis
Selbst ein Konzil von Geizhälsen hatte sich verschanzt
hinter einer Hecke um dann nachts hervorzukommen
den einen oder anderen deiner Leutnante zu drängen
ihnen und sei's nur eine Feluke zu reservieren
Stets abgeblitzt kehrten sie in ihr Lager zurück
psalmodierend ein irritierend Ritornell
Geißelt nicht jene die eine schlimme Krankheit heimgesucht:
Neider Undankbare haben sie über uns gebracht
Geißelt uns nicht: Die Eifersucht gedeiht überall
es dauert nicht mehr lang und ihr seid dran

Und zum Zeitvertreib fanden Regatten statt
Schwänke Rezitationen und Chorgesänge
gefällige Tam-Tams und Ringkämpfe
Man verkaufte und kaufte heiter feilschend alles und jedes
und Weihrauchschwaden stiegen in den Baracken auf

Schaulustige schließlich in rauen Mengen
Kindertrauben voller Jubel und Trubel
sie waren nur zum Vergnügen gekommen
dich willkommen zu heißen
dein kaiserliches Antlitz zu sehen
das mit Antimon geschminkte Adlerauge
die Habichtsnase und die hohen Wangenknochen
Heil der Müdigkeit epiphaner Geier
gefürchteter Greif der auf jeden Lockruf pfeift
Gutes Geleit und langes Leben

o Herr mit den vom Regen gefiederten Schwingen:
Du lässt dich nieder überall wo es dir beliebt
aber nur das Glück setzt sich auf dein Haupt
Um es kurz und klar zu sagen
Eure Wirkkraft auf uns
Mansa sie war total

Ob Küsten- oder Hochseefahrer die Kapitäne
sie schritten vor dir her Einer entsinn' ich mich
trug einen Astrolab und einen schweren Beutel
Und als du durch die Schleier deines Tragesessels
die dich den neugierigen Blicken des Volkes entzogen
die vierhundert Schaluppen bereit zum Ablegen gewahrtest
auf denen gleichwohl noch die Schauerleut zugange waren
murmeltest du glücklich: So dürfte es gehen

Und all jene die man versklavte und aus ihren Wäldern
verschleppte um die Ackerbauern zu ersetzen
die man geradeheraus zwang
auf die Duchten der königlichen Galeeren
über sie alle verlierst du kein Sterbenswort …
Betrübt war ihr Herz und grämlich ihre Miene
und während sie dem langen Tross folgten
schlug man blindwütig auf sie ein
dass sogar die Steine auf dem Wege sich erweichten
Tratschmaul Trutzgeist schreib' dir hinter die Ohren
dass Kurukun Fuga die Leibeigenschaft gemildert
Reden wir von gestern nicht von anno dazumal
Von Goldschmieden des Übermorgen aber nicht
von kläglichen Verwaltern des Alltäglichen
In den glorreichen Zeiten um die es hier geht
hieß es: *Geh' wohin du willst stirb wo du musst* mein Sohn
und niemandes Fuß mehr war von Fesseln gehemmt

Ach gibt es schlimmere Ketten als die die man nicht sieht …
Merke dir du Nörgler gespaltene Zunge
Koras und Balafone werden zum Glück
diese Häme mit munteren Liedern übertönen

Doch kommen wir nun auf unsren Leich zurück
Eingeteilt gesalbt beweihräuchert und postiert
brachen die Erwählten auf – zufrieden
das Trugbild mit sich von dannen zu tragen:
der Königsfuchs auf dem Vorgebirg sich bäumend
Mit auf meinen Hintergedanken gekreuzten Händen
blieb ich dein Getreuer am Strand zurück
inmitten der überall ertönenden guten Wünsche
der Tränen Seufzer und Lästerungen
Sie waren sechstausend Mutige
sie waren sechstausend Strahlende
die schon kräftig rudernd
des ebenen Meeres
Moiree zerknitterten

Eines schönen Tages kehrte
der wie durch ein Wunder Gerettete heim
den Astrolab in seiner Hand
Ohne Hast führte er
seine Kummerhaut zum Palast
Er vergass sich niederzuwerfen
die spärlichen Büschel die seinen Schädel
noch zierten dem Staub auszusetzen
denn schon entfuhr es ihm:
Mansa auf hoher See
traf das Schicksal uns
All meine teuren Gefährten
(sie waren sechstausend Mutige

sie waren sechstausend Strahlende)
wurden von einer Meeresströmung erfasst
breit und so endgültig wie ein Djoliba
angeschwollen von der Regenzeit
Ach was widerfuhr euren Mannen
welch Schlund sie verschlang …
Wurden sie wer weiß
bis zum anderen Ufer getrieben …
Denn hoch war die Welle
die Hoffnung höher noch
Plötzlich ein Gegenstrom
und da verlor unser Schiff
das ausnahmsweise die Nachhut war
die Flotte aus den Augen
Mein Leib überlebte
(Gott allein weiß vom Warum das Wie)
doch sucht nicht nach mir
meine schwammige Seele ward vertrieben
aus den düstren Arenen des Erinnerns
und mein Wiedergänger krümmt sich
unter der Last der Leere

Ganz Mali wusste schon bald von der Tragödie
und eure Wirkkraft auf uns Majestät
sie blieb zumindest bemerkenswert
Nun aber stehen auch wir kurz davor
in den fürchterlichen Strom zu geraten
zu Dutzenden rudern unsre Männer zurück
die Übrigen haben ihre Schaufeln aufgegeben und beten
Die heute in Pirogen fahren
(das Wahre ist mitunter hassenswert)
wissen nicht mehr Wind und Welle zu zähmen
sie necken die Fluten bloß

– sie spielen nur und witzeln
Doch sanftmütiger Herr verzeih:
Unsren Vätern es nachzutun ist kühn
sie zu überflügeln gefährlich

Bei diesen Worten schwand die kaiserliche Wut
nach und nach weiß der Teufel warum
(Denn des Argwohns Säbel in die Scheide zu stecken
ist dies eines Fürsten würdig was meint ihr …)
Vergisst du dass wenngleich man den Fetten verdächtigt
zumeist den Mageren das Urteil trifft …
Nein aber Nachsicht die fehl am Platz
hemmt unweigerlich des Helden Schritt
Rudermeister ich habe dich angehört
so kehre auf deine Bank zurück
und greife wieder zum Ruder:
Es lag ein Missverständnis vor

Bakaris Griot in des Herrschers Gedanken geschlüpft
ereifert sich: Geier so großzügig deine Eingeweide opfernd
wenn ich in all dem etwas zu sagen hätte
Er war teuflisch gedächtig und weiß war sein Haupt
wenn auch öfters von Amusie befallen
Ein Kouyaté könnte man meinen
ja ein Condé vielleicht ein Diabaté halt
der seines liebenswerten Prinzen Geburt erlebt
und das Versteck der Nachgeburt kannte
Zuweilen erdichtete er ihm und mehr schlecht als recht
neue Namen und elegante Wahlsprüche
Als die Reise verkündet ward erinnerte er
seinen Herrn: Er habe kein Gespür mehr für die Töne
Wer hat dich Singen geheißen … erwiderte der Kaiser
Bin ich denn ein Junker dem man leidliche Ahnen

aus dem Hut zaubern muss …
ein Falschgott der nach seinen Wundern sucht …
Bist du etwa ein verstaubter Landläufer
der von Hochzeiten und Beerdigungen lebt
und seine Gegenwart wie Prahlhans rechtfertigt …
Sei der Schlichter meiner Anliegen sei mein Auge
und merke dir gut was du gesehen
für den Fall dass wir dereinst heimkehren sollten:
Mehr verlange ich nicht
Diabaté dachte sich: Ohne Musik
gibt's keine Ordnung auf diesem Nachen
und ohne Ordnung wird es zum Schiffbruch kommen
Gleichwohl tat er den Schwur: das Exil zu teilen
sei es Trauer zu tragen um den letzten Vogel
sei es zum Untergang in den düsteren Schlünden
sei es zum Sieg auf dem Kies des anderen Ufers
sei es zum Brauchtum heimzukehren das sie gewiss verleugnete
Und vorab fand er ein Motto für den Ozean
den er fortan nur noch Vater der Erzählungen hieß
Denn zu Tausenden trägt er seine Kinder
in seinem Riesenschoß wie er erläuterte
und ergießt sie über all die weiten Strände
wo wir verstohlen von diesem Samen kosten

Da steigt er nun aus seinem Horste
geharnischt mit Eisen und mit Tabus
Sein Stiefel ist vollkommen aber sein Gang stockend:
Denn ohne dass es ihn jetzt noch verblüffte ärgert ihn
so viel Widerstand gegen seine Absichten
Er weiß es er muss ihm einfach trotzen
und sich stärker zeigen als die Gefahr
doch sein Herz wird von Vorahnungen beackert
Neben ihm streitet sein eifriger Sonnenschirm

trotz der Abenddämmerung
um die schmalen Stufen mit seinem Kammerherrn
Ein wenig abseits murmelt Kouyaté der Fürsprech
die Arme erhoben zu zwei zitternden Rügen
(Für wahr ist es denn eines Königs würdig
sich so mitten unter seine Leut zu begeben …)
Aber reich an Sonderlichkeiten und Neuheiten
ist Malis Sage

Übers Dollbord gebeugt und von Stille umstellt
spricht Abubakari zu seiner Piroge
schmeichelnd und kosend ihr Holz
mit warmer Hand die zugleich fordert und gewährt
Von diesem sachten Monolog durchdrungen
in dem sich Traum mit Ungeradem mischt
spürt sie die Sträubende wie ihre hölzerne Haut sich wölbt
und ihre Flanken sich an etwas Harzähnlichem laben
Sie stöhnt und gerät in Wallung während Bori
säuselt schweigt sie streichelt zögerlich scheint
um sie schließlich noch zärtlicher zu liebkosen
Meine Liebste mein Verlies meine Angetraute
wie sehr sollten wir auch sterben müssen
haucht er ihr zu achtsam gleichwohl
von allen gehört zu werden
kommt es darauf an dass dank dir
unsre Lust und einzige Passion
anschwellen zur Weite einer Epoche
So spricht zu seiner aufrührerischen Fracht
Manden Mori an dem alles kühn und edel

Der Kammerherr – sein Name soll hier nicht fallen:
Das wohlgehütete Geheimnis
ist der Eintracht bestes Unterpfand –

stand dicht hinterm König dessen Worte trinkend
Wird er sich ihm etwa unter falschem Vorwand genähert
und ihn wie aus Versehen vom Kahn gestoßen haben …
Wer die Steilufer aufsucht
hat allen Grund zu ertrinken
Groß ist der Aufruhr der Laptoten
– beinah fallen sie über ihn her
ihn zu wamsen mit ihren Fäusten
bevor sie den erwiesenen Verrat pfählen
und ihrem König zu Hilfe eilen
Aber nicht alle Menschen sind sich gleich:
Der Steuermannsmaat ein Einarmiger
taucht als erster ihm nach verschwindet in den Wogen
gefolgt von einigen armen Schiffsjungen
Die anderen lassen ihre Blicke schweifen
erahnend schließlich auf dem Grunde
der rötlichen Wasser den Pulsschlag der Medusen
eifriger Blauhaie Treiben
den Rausch gefallener Vögel
wie es alle Fische sind
die sich nach der Wolke sehnen

Da ertönt der Schrei
namenlos hemmungslos
eines siechenden Raubtiers
Schrei eines Baumes der gefällt wird
Schrei einer Notwendigkeit die plötzlich
unausweichlich geworden
Getreue und Verschworene zu viel des Eifers
legt ihr an den Tag Nicht an euch ist's
ihn zu retten: Es wird meine Freude sein
Man weicht vor der Ungestümen zurück
die inmitten der Horde erglimmt

Ihre Hoheit Kafuma ist's Zwilling des Königs
aus Gewohnheit spinnefeind dem Ungehorsam
– eine Frau mit zierlichen Gliedern
aber kräftigen Händen

Gen Mitternacht da sie eben erst erhoben
ihre dünnen Arme in den düstren Himmel
sinkt ein schmachtender Mond nieder
auf das was ihm Hörner scheinen
Die Beschwörenden halten sie für ihresgleichen:
Wie nach Belieben tanzt sie auf dem Wasser
gefürchtet und berüchtigt ist ihr bleiches Auge
berüchtigt und gefürchtet
der Abdruck ihrer Hand

Dass sie auf der kaiserlichen Bireme weilt
treibt wohl manchem Sorgenfalten auf die Stirn
Dabei sind doch die Zwillinge
zwei Leiber eine Seele gehütet von Faro
Fügen wir hinzu dass seit des Seemanns Rückkehr
Bakari seine bleichen Nächte zerstückt sah
von zermürbenden Gesichten und grellem Wahn
Er rief auf sein Gut einen berühmten Hellseher
Einen Linkshänder der kein Blatt vor den Mund nahm
Herr der Pfade Gabelungen und Steige
Bakenmeister des Beständigen und des Ungewissen
du hast mich gefunden der dich schon nicht mehr erhoffte
(Doch ist es eines Königs würdig zu gestehen
wie lang ihm all sein Warten wurde …)
Was hat es auf sich mit diesem Alb meiner Höllenqualen
Fürchte dich nicht deine Kaurimuscheln sprechen zu lassen

Mansa Mori erwiderte der Fuchs

unsren Plausch zu laben
schenke mir doch zunächst von diesem Arak ein
Ich werde weder Wasser noch Sand befragen
und schon gar nicht den Flug der Vögel
oder die Zuckungen ihres Dahinscheidens
Übrigens ist nichts im Voraus entschieden
Unnütz ist's durch althergebrachte Mittel
die Winkelzüge deiner Feinde umgehen zu wollen
Ob dein Glück das Meer die Erde oder das fließende Wasser ist
wer könnte es sagen … Es geziemt sich aber
dass du in den Krieg oder ins Abenteuer ziehst
denn von den beiden Brüdern bist du der jüngere
Folge denn Kalabi Douman nach
dem Schutzpatron der Reisenden der zu sagen pflegte:
Wer ein Feld am anderen Ufer bestellt
wird immer wieder übersetzen müssen
Bist du fort wird Musa mit der starken Rechten
Regentschaft über das gesamte Reich führen
und der heiligen Gesetze Wortlaut achten
Du kannst dich auch dazu entscheiden in Malal
zu bleiben – wo du dich niederlässt wird deine Hauptstadt sein
In deinem Haus wird es vor Leuten wimmeln
und in deinen Kornkammern die Wertschätzung reifen
die deine Freizügigkeiten dir erbracht
Doch kommen wird die Zeit den Gürtel enger zu schnallen
und schon macht die Milch nicht mehr den Herrscher aus
– du aber bist Bata Spross einer Tochter unsres Reichsgründers
Jedoch bedenke auch dies bei deinem Entschluss:
Dein Namensvetter der gegen seine Schwester gesündigt
hat nie den Thron bestiegen obwohl es ihn gelüstete
Hätten jene die dich so benannt dir Gutes gewollt …
Meide die Meuchelmörder versammle deine Getreuen
und nimm Kafuma deine Zwillingsschwester mit auf die Reise:

Denn ihr wirst du dein Heil verdanken
und selbst den Erfolg als glücklichen Nachschlag
Das Wissen es kommt mit der Zeit mit der Mühsal
jedoch nicht vom Alter allein
Der Augur dessen Antlitz in Tränen stand
(deutlicher als jedem anderen schwante ihm
der traurige Ausgang der Staatsangelegenheiten)
gab sich betrunken und zerfahren

Die Arme als Ziste hält sie sechs Gaben bereit
– die siebte ist ihr Leben das sie hingibt
da sie es nun nicht mehr braucht
Ohne weitere Zeremonien springt sie
entschlossen über die Reling
wie man vom rauen Gemahl steigt
dem man ein für alle Mal ausgedient hat
Da die Seemänner unablässig ihre Blicke umherschweifen lassen
gewahren sie schließlich ihren prunkvollen Lendenschurz
dessen Farbe an die Néréblüte gemahnt:
Im schwarzen Wasser glost er wie ein Schimmern des Mondes
versunken in ein hartnäckiges Zölibat

Schrecken und Bestürzung überkommen die Almadien
Schmach über die Großen die das Schiff im Stich
und uns dem Dilemma dem Schmerz überlassen
Ruderbrüder wir wollen uns ein Herz fassen
denn haben wir nicht einzig kraft unsrer Rücken
wir ganz allein ohne jede helfende Hand
seit wir von der Küste aufgebrochen
diese Paddelboote gesteuert …
Die einen lauern auf Zeichen
andere krümmen sich schon auf ihren Bänken
Man schreit und streitet und empört sich

als gewahrte man endlich was offenkundig:
fallen gelassen und verdammt
inmitten des Riesenwahns
tosender Brecher
ausgeliefert den Irrlichtern
die zischend die Spiere erklimmen
und dann wie Leuchter verglimmen

Wo sind sie geblieben die dreißigtausend Ruderknechte
deren Gemüter gezeichnet von mancher Zerreißprobe
wo sind diese wahren aufrechten Recken
die Abubakari schon bald um sich geschart hatte
kraft seines Versprechens dieses Mal ihr Anführer zu sein
Zurückgezogen in einer geheimen Kammer
hatte er dort nur einem Komo-Meister Einlass gewährt
der ohne Hast aus Do gekommen war
Jeden Tag offenbarte der Änigmatische
ganz überhangen von Wolle Pelzen und Krallen
ein anderes Mysterium verborgen hinter den Dingen
in Sinn zu verhüllen das Absurde dieser Suche
und zu entzaubern des Ozeans Greuel
Schnelle nun gleich mitten durchs Meer ja und ohne
weiter die künftige Gefahr auszumalen
pilgere zu des anderen Ufers heiligen Stätten
Heimkehren aber musst Du mit Gott und dem Regen
des siebenten Kreises deiner Einweihung
Gesteh's dir nur ein du bist zum Erfolg verdammt
denn die Trockenheit sie verdörrt die Savanne
bedrückt deine Untertanen verwirrt das Vieh
Bald schon werden die Hirten des Hungers
diesem abgemagerten Getier ein letztes Mahl zubereiten
Höre wie sie bähen je mehr sie sich der Küste nähern
das Sprechen wurde ihnen aus dem Leib geprügelt

und so oft sie können tauchen sie
Hände und Mäuler in die Raufen der Not
So zögere nimmer und kehre siegreich heim

Gelähmt von diesen Glossen hatte der König gestottert:
Dank sei dir mein Vater du hast mich bestärkt
Einzig und allein die Scham hieß ihn lügen
ganz betroffen vom Okkulten das er heraufbeschworen
Sei vor allem vor den Meuchelmördern auf der Hut:
Halte deine Verbündeten im Zaum und schmeichle
    deinen Gegnern
zischelte der Schmied in einem Mauerschlitz
in dem er sich verkroch wobei seine Schuppen Schaden nahmen

Von Kaabu aus würde man denn in See stechen
von der Mündung eines Stroms gesäumt von Bolongs
Man würde den Khaya fällen und Irokos Brust und Glieder
gegen Kaurimuscheln tauschen
daraus allerlei längliche Pirogen zu bauen:
einige aus einem ausgehöhlten Stamme
mehrere aus zweien die aneinandergefügt
andere die von Tauen zusammengehalten wurden
– es gab sogar welche mit viereckigen Segeln
Sorgsam achtete man darauf in ihr Holz
durch Opfergaben und Gesang
ein hübsches Maß Glück zu gießen
Eine jede konnte nun ganz gewiss
ihre Fracht Matrosen tragen

Am Throne übersah man willentlich die Finten
der Edelleute die Plebs und Heloten dazu trieben
sie bei diesem unvermeidlichen Rabatz zu übertönen
Andere kamen mit all ihrem Prunk daher

ihre etwaige Loyalität zur Schau zu tragen
und sich dann schnurstracks zu empfehlen
Du o Geier psalmodierten sie vom Staub gerötet
rechneten ihre Aufwartung schon in Nachsicht um
und machten sich im Schlepptau ihr Leben aus dem Staub
Jene deren Eid keinen Pfifferling wert war
jene die aus Regenmangel nur wie Spatzen aßen
und nach einem Aste schielten ihren Kummer zu hängen
jene die ihren König und seine Launen liebten
brachten ihm all ihr Unheil zum Opfer dar
Der Rest der Eifrigen strömte zur Küste
denn das Meer zu schrubben das war noch immer ihr Traum

Als des großen Tages Morgen graute scharte sich
in sehr großer Scheu und Reue die riesige Menge
um das Banner des gefürchteten Herrschers
Nur die ewigen Juxbolde hatten noch
die üblichen Scherze Spott und Fluch im Sinn:
Fünfzig Delphine siechten auf dem Ufersand
und Krebse schabten schon die Eingeweide aus
Ein Dutzend zuckte noch und ihre Tränen kullerten
schnell verschluckt vom Sand auf dem die Kaiks lagen
Ach wie es stank dieses Massengrab ohne Namen
Doch die See
sie bleibt stur
– reglos hält sie weiter
aufs Niedrigwasser zu

Plötzlich ist die Luft voller Argwohn und Tadel
und am Strand sind keine Reiselustigen mehr
einer nach dem anderen machen sie sich schimpfend
aus dem Staub: In den Tod will er uns schiffen
auf diesen mürben Schuten ohne Bürgschaft noch Pfand

Ist etwa Khalifa der Dumme wieder da
der mit Pfeilen auf seine Untertanen schoss
seine Hunde mit goldnen Maulkörben zierte
(Denn was ist eine Rotte ohne Radau …)
Anstatt mächtig aufzubrausen
angesichts dieser Meuterei
lächelte der schöne Abubakari:
Erläutert ihnen schicklich dieses Vorzeichen
weist er drei seiner Leute an
die von Beruf Seher waren
Und während diese ihre Anstalten treffen
treibt man mit Netzen und Knüppeln
die Ausreißer zusammen

Doch was auch immer die drei Weisen treiben
mit Opferblut auf den Boden Felder zu zeichnen
auf die der Fuchs sein Siegel auftragen wird:
Der Menge schwant alles Mögliche möglich
Und für und wider Ganz einfach Nichts als Geschwätz
Doch der Ertrinkende klammert sich ans Wasser:
Das gewiefte Trio wird also von der Rede reden
So du denn einen Mund hast Freund
von der Docke alle Gedanken abhaspeln
Oder zumindest noch eine Zunge
und die Ruderer in ihrer Rolle bestärken
wirst du nie von deinem Wege abkommen
Malinké geliebte Bundesgenossen und franke Vasallen
Des Wartens müde sandte uns der Ozean
fünfzig seiner besten Zöglinge um euch zu rufen
und dir göttlicher Geier sind gezählt eurer Jugend Tage
Wenn der Abend dämmert muss der Entschluss fallen
am nächsten Morgen in See zu stechen
Sie sprachen die Seher sprachen ganz unbescheiden

in Bildern Sprichwörtern Übertreibungen
sie sprachen von Gott vom Ruhm und vom König
Ich bin dabei rief einer der mürrischen Matrosen
Und ich auch ich auch ich auch
tönten laut all seine Nacheiferer
In nunmehr mitreißendem Überschwange
zwängte man sich in die Barkassen
für Gott die Ehre und den König

Die Zeit war reif: Nun hieß es in See zu stechen
Zweitausend Pirogen lagen vor Anker
von denen die Hälfte dreißig Ruder hatte
Wunderbar war's zu sehen wie sie der Küste entschwanden
und deren Schatten ganz langsam abwarfen
während die Standarten auf dem Strand knatterten
wie lauter Segen spendende Wünsche
Und bald schon glitten die Feluken
über den milchigen Strom der Opfertränke
durch Gezeiten Brandungswellen und Nebelschwaden
bis zum Kap das sie umfuhren
Auf dem ersten Schiff bot Manden Bori
flankiert von zwei stattlichen geschmückten Widdern
den Unglücklichen die am Ufer zurückgeblieben waren
das erhabene Erscheinen und Verschwinden
seiner dünnen Silhouette dar
allerletzte Poesie
seiner wahnsinnigen Geste

Sie ruderten also sang- und klanglos
seit wann ja seit wann schon … wer weiß es in Jahren …
Das Morgengrauen krauste der See graue Brauen
Die Fackeln erloschen kreuzten die Djermen verloren
zwischen den blauen Termitenbauten die den Horizont

verbargen:
Aus einem von ihnen taucht er auf
Manden Bori unser galanter Herrscher
Sofort sind vierzig Kerle bei der Welle
die ihm alle ihre Hand vermachen: Aus den Pirogen
wirft man ihnen Taue und Mahnrufe zu
Denn in Wahrheit ist er der Schaumgeborene
der geliebte Prinz den wir verloren glaubten
Man greift ihm unter die Achseln auf der Brücke kommt er zu sich
und ein jeder stellt fest dass sein Simarre trocken ist
er noch seine feinen Lederstiefel trägt
und all seine Diamanten hat
seine funkelnden Silberketten
sein Labret und seine Ohrringe
und auch seinen Dolch und seine Talismane
(Werft den Gesegneten ins Meer: Segensreicher taucht er wieder auf)
Man heißt ihn willkommen beweihräuchert ihn und entzückt sich
denn er war die Pracht selbst und sein Glanz ganz der altbekannte
Mansa Bagari
o Famori
der recht Befundene

Man verschone uns mit derlei absurden Litaneien
denn ich meine wohl man gaukelt uns etwas vor
Ein Staatsmann wird seine Marktschreier bezahlt haben
um seiner Anmaßung Gehör zu verschaffen
und sich als großer Steuermann eines Landes aufzuspielen
das schon bis aufs Mark ausgesogen und entkräftet ist:
Wer ein paar Eisen im Feuer hat
ist noch lange kein Schmied
Bringt den Störenfried zum Schweigen

fesselt den Härmlichen sogleich
und schafft ihn fort: Nein er verdient es nicht
den Epilog der Erzählung zu hören
Das Schweigen ist des Zweifels Preis

Er war die Pracht selbst und sein Glanz ganz der altbekannte
Allein sein Blick hatte sich verändert
fürderhin halb abwesend vor Gesichten und Wundmalen
Denn auf dem Grunde seegrüner Tiefen sah er
wie sie über ihren Schädeln
ihre fleischlosen Hände falteten
die Wiedergänger der Zunächst-Angeketteten-Gebrandmarkten-
von-der-Peitsche-Zerrissenen-auf-tausendfache-Weise-
und-nach-Gutdünken-Durchbohrten-und-dann-dem-Hai-
Ausgelieferten-Schreckschnaubenden-Wutstummen-
über-Bord-Geworfenen
Er hatte sich geschworen
die Geschichte um jeden Preis anders zu gestalten
und die Manen von ihren langen tristen Tafeln zu reißen
in ihrer Totenstadt aus weißem Sand
Und das Meer würde versiegen vor seinem Entschluss

Ein Ansinnen gebiete ihm rief er in die Menge
Es ersucht euch unverzüglich loszulegen
Volle Kraft voraus dem Donnerwetter zum Trotz
(denn dieses Meer wird versiegen vor meinem Entschluss)
Der Kammerdiener kniete auf Tauen
und flehte mit verstümmelten Händen um den Gnadenstoß
An drei Rahen schwankten nach des Windes Launen
groteske Überreste von einundzwanzig Flegeln
Ungerührt kehrte der Kaiser zurück in sein Zelt
Hoch waren die blaugrünen Wogen
und lang diese Überfahrt ohne Baken

Im Händel mit der Welle werden die Ruderer
nach und nach den Gebrauch ihrer Füße verlernt haben
der Lippen um zu ergießen der Worte Samen
der aus den tiefsten Eingeweiden spritzt
der Lider die das Wasser des Herzens verbergen
und vergangen ihr Verlangen
nach Heimkehr und Wiedersehen
Sie sind nurmehr von Gischt verdroschene Stämme
und sie müssen sich fest an ihre steifen Paddel klammern
um im feuchten Begehren des Meeres zu pflügen
wühlend im Bette des Stromes
die Lenden verzückt und lauthals stöhnend

Wie die Geschichte endet … Ganze sieben Mal
Das erste und das letzte gehören mir nicht
da sie wie man sagen könnte
dem Göttlichen vorbehalten sind
Das dritte hab' ich verloren was mich sehr betrübt
Da ich das vierte bereits erzählt bleiben dreie
die's noch erleiden und ihrer Schilderung harren
Würdest du dein Scherflein nicht beizutragen uns schmachten
lassen
das Abenteuer zu erfahren auf das wir jetzt so gierig sind …
Ihr guten Leute die ihr lauschet und höret:
Die Reise wird durch ihren Ausgang nicht besser
und ich weiß dass die Irrfahrt mehr wiegt als ihr Warum
Doch das Erzählen erleichtert auch mein Gemüt
Der Strom reißt die ganze Kolonne mit sich fort
verschluckt einen Großteil und spuckt die Übrigen
ganz stumm vor Angst an einer Küste aus
schon angedeutet von einem Schwarm fliegender Silberfische
und dem samtenen Flug der Möwen.

Eines Abends wurden fünfzig Mannen schließlich
auf einen Strand gespült wo es gewundene Kiefern
und riesige Palmen gab: Am nächsten Morgen
verschieden sie ganz zernagt von den Tieren
die Augen von den Scheren der Krebse ausgehöhlt
Neun Barone Blut und Eiter triefend
rasch geschluckt vom Sand wo ihre Boote lagen
keuchten noch Und in ihrer Mitte Bagari
auf der Erde liegend als schliefe er
vom Schlamm ganz bedeckt und arg verwundet
und das Herz gemartert von der Sehnsucht
nach seinem teuren holden Mali
dem Land das er ach so sehr liebte
Der Tod fing schon an ihn zu würgen
da erhob er sich grellend krächzend
und mit seinen beiden schönen Schwingen
ruderte er durch des neuen Azurs Weite
gen Ost gen Ost
wo Sudan gelegen
und all seine Gewissheiten

Trobador hättest du wenn schon nicht Besseres
so doch wenigstens Anderes zu berichten …
Habe ich euch nicht zwei weitere Enden versprochen
so ihr mir Zeit lasst meine Romanze zu vollenden …
Eines Tages verfangen sich fünfzig Pirogen an eines Ufers
Fransen oder gelangen rechtens aufs Festland
auf einen Strand wo es gewundene Kiefern gab
und riesige Palmen: Oh der Durst der Schrecken
all dieser Entkommenen der Schwindel
der ihren wässrigen Blick überkommt und rau der Grund
der hart gegen das Schwanken ihrer Körper prallt

(Denn was ist der Fluten unendliches Rumoren
für den der es liebt wenn nicht vollkommene Reglosigkeit ...)
Die Weltreisenden indessen beschlossen
Gott inständig für ihre Errettung zu preisen
Denn wenn auch hutzelpredigend und ungläubig in See gestochen
kamen sie als Fromme an
Das klüftige dünende Meer ist eine Wüste
wo man sich geschwind an das Göttliche klammert
Aus ihren Entbehrungen hatten sie ein Fasten gemacht
und ihre geschwollenen Füße
zeugten bereits von ihrem Gebetseifer
Und was ihren Kaiser anging: Zu behaupten
dass er nie mehr als nur einen Fuß auf den Gebetsteppich gesetzt
wäre eine grässliche Lüge
Zudem waren ja bei seiner Ankunft sehr gut zu sehen
die neunzig Wellen die ihm folgten
von denen eine jede in den Strandsand schrieb
einen der schönen Namen des
Einen
Einzigen
Alleinigen

Kaum dass sie ihre armen von Muscheln Pocken
Tang zerfressenen Barken an Land gezogen
erhebt sich eine Staubwolke auf einer nahen Kuppe
und Kriegsgeschrei ertönt
eines bewundernswert abtrünnigen Waldstamms
Im Namen des glasklaren Glaubens worin mein Herz badet
sagt Abubakari der Zweite seinen Lanzern
will ich euch meine Knappen bereit und entschlossen sehen
Der sehr Gewandte teilt sein Heer auf
die einen gehen in Stellung sich
damit die anderen in Ruhe beten können

Aus Vorsicht schickt er drei Aufklärer gleichzeitig los
des Aufruhrs Geheimnis zu lüften
die mysteriöse Natur dieses Schicksals:
Als ihnen aus allen sieben Öffnungen des Gesichts
das Gehirn herausspritzt stoßen die drei einen Schrei aus
um ihr Los und die Falle ihren Gefährten zu offenbaren
die wachsam am Strande geblieben waren
Wetten wir darauf sagt der Prinz seine Kleider glättend
dass diese Bösen den wahren Glauben nicht kennen
Malinké auf zum Kampfe gegen des Avernus Heerscharen
Tod den Aufständischen und Götzendienern
ihre Arroganz soll bald schon auf Halbmast wehen

Alle folgten ihm Mali Mali preiend
den Namen des Ortes ihrer fernen Liebe
Doch Toura Mané stellte sich ihnen in den Weg
Einhalt Ihre Majestät rief der stattliche Knappe
dabei die Amulette zeigend
die er lang unter seinem Hemd verborgen hatte
Von klein auf den Hassegai in der Hand war er berühmt
für Heldentaten Schönheit Enthaltsamkeit
wie sie die Besten immer schmücken
An Tauglichen haben wir nur noch einhundert
sie aber sind Tausende die es gewiss gelüstet
sich an uns zu erweiden Bin ich denn so weit gerudert
um mich für immer eines Grabes beraubt zu sehen
wo ich meine Väter und Ahnen wiedersähe …
Beim Haupt meiner Mutter nein so soll es nicht sein

Eidbrüchiger wie steht es um die Gelübde
die du einst schworst da wir noch ein Herz und eine Seele waren
du wirst mir nicht zur Schmach rief Abubakari
und metzelte ihn nieder Mit einer Geste

hieß er einen Maat seinen Säbel im Meer zu waschen
Da zog Manés Partei schweigend von dannen
sich zu verkriechen in Grotten und Hochwald
mit den Säbeln das Gesträuch sensend watend durch Bäche
(Die Spanier wie es scheint griffen so manchen auf
der unterm indianischen Joch Tag und Nacht diente)
Auf geht's rief der König seinen Malinké zu
die mehr Köpfe kullern ließen als ich sagen kann
Bevor die tapferen Krieger fielen
warfen sie ihren letzten Blick
gen Ost gen Ost
wo Sudan war
und die heil'ge Stadt
und alle ihre Fristen

Trobador das Wasser ist Gemahl der Feldflasche
wozu machst du dich zum Furier der Schlappe
Singe uns sogleich eine bessere Masche
Ja nun bin ich so weit Kaum dass sie einen Fuß
an Land gesetzt erhob sich auf einem nahen Hügel
großes Getöse und entsetzliches Geschrei
Worauf Manden Bori zu seinen Knappen spricht
(Wahrlich wie kann das sein … so ganz ohne jeden Vermittler …
Und ich frage mich: Wozu ein Übersee
in das man des alten Landes Sitte trägt
nur um sie über Bord zu werfen …
So sprach denn der Mansa zu seinen Untertanen und sagte)
Kinder wir waren unbedarft und überhastet
bereits ans Ausruhen und Feiern zu denken
Wir werden erst noch etwas zu kauen haben
an einigen Spelzen und in großen Schlücken
den bitteren Khaya-Saft trinken müssen
Sollten uns die Götter zur Seite stehen

werden wir viele töten und verwunden
Gefangene machen Denn die Schlacht wie ihr wisst
ist Malis Gemahlin:
Geliebte des Todes eilen wir zur Hochzeit
Ich spüre dass diese Erde bevor sie uns empfängt
unser Blut auf ihrer Schwelle sehen möchte
und ich gedenke sie reichlich zu tränken

Bei diesen Worten wird mit den Fingern geschnalzt
absurde Luftsprünge sind zu sehen
Lauthals wird sich zu lachen bemüht
den Schrecken zu erschrecken
Man ratscht plustert sich auf und übertreibt:
Aufrechter Kaiser der alle Tugend in sich vereint
Herr über Wind und Staub
der du hoch über den Schlachten kreisest
wie der alles verschlingende doch nie tötende Greif
sei so gnädig und lasse deine Getreuen
den Feind recht heftig necken
all diese Leute sintfluten wie es sich geziemt
und dir ihr Hab und Gut opfern
Tugendhafter Kaiser
du schwebst hoch über dem Taumeln des Ozeans
und streifst beide Ufer zugleich
mit deinen mächtigen Schwingen
Bata Manden Bori
du federnde Brücke
hoch über den Zuckungen der Zeit

Die Anhöhe erklimmend
pflügen ihre tauben Füße deren Flanke
ihre schwieligen Hände krallen sich
in den Lehm und lesen Steinchen aus ihm

und Samen fallen von ihren Schlüsselbeinen
Sturzbäche von Schweiß
ergießen sich aus ihren Achseln
Seefahrer die sich erst spät eingestehn Bauern zu sein
fangen sie ohne zu murren nie Gesehenes zu ernten an
Auch wenn du deine Scholle hinter dir lässt
wirst du dein Schicksal nicht verlassen
das dir folgt im gemessenen Schritt der Ahnen

Auf dem Berggipfel zwei Könige zwei Heere
die sich taxieren und gar nicht so unähnlich finden
diese Feststellung erstaunt ihre schöne kriegerische Pracht
Zur Ordnung gerufen und bereit sich gegenseitig ins Verderben
zu stürzen auf das die Menschen ganz versessen sind
sobald sie einander sich feindselig wähnen
schimpfen sie trommeln und marschieren auf
Findest du sie nicht eigenartig frisiert …
Und was sie für Hosen tragen: Sirwale sehe ich jedenfalls nicht
Damit der Krieg in dies Menschengewühl
keine rote Lichtung schlage
beruft jedes Lager einen Stellvertreter
den Galantesten seiner Soldaten

Lansana ist's den die Malinké in die Arena stoßen
denn über eines wird man sich eins sein
ohne Koné kein Heer
Der Name seines Gegners war Guazabara
(so jedenfalls schrie man ihn)
Beiden gab man einen sehr breiten Schild
einen Dolch einen Speer und einen Helm
den Blumen und Amulette reichlich zierten
Mit all diesem Zeug beladen
stießen sie wild aufeinander ein

radebrechend nach Kräften ihr Kriegsgeschrei
Beide glühten sie heiß
die Fersen an den Boden geleimt das Gesicht verschleimt
ein Buschbrand lodernd im Dickicht ihrer Brauen

Der Kampf begann im Jahr Dreizehnhundertelf
um Mittag und währte über ein Jahr
Mehr als ein Jahr schlugen sie sich
diese Riesen mit ehernen Herzen
Dolchklingen und Speerspitzen
so heftig dass ihnen die Waffen zerbrachen:
Immer wieder schleifte und schärfte man neue
auf dass sie endlich mit ihrem Gemetzel an ein Ende kämen
Der Menge war das Schauspiel zunächst ein Zeitvertreib
und sie stopfte die Recken mit Wild und Met
sobald ihnen die Kräfte zu schwinden schienen
Mit Zeichen suchten die Helden zuweilen
ein wenig zu plauschen doch der Siegesdurst
ließ sie bald schon umso heftiger aufeinander los
Ein Jahr verging ohne dass sie einander ins Wanken brachten
Schließlich hatten sie sich gegenseitig ihrer Lanzen beraubt
und rissen mir nichts dir nichts jeder einen Baum aus
den sie emporschwangen um einander zu zermalmen
und ihr Blut das sich mischte verpichte das Geröll
Als der Armogan zurückkehrte kämpften sie immer noch
Ungeduldig geworden krakeelte die Menge laut:
Höchste Zeit dass sie den Turnierplatz räumen
und ein jeder in seine Kate geht
Reiten zu können ist gut
aber zur rechten Zeit abzusteigen ist besser

Alsbald stecken Mansa und Kazike die Köpfe zusammen
– ein jeder geübt nun in der Sprache des anderen –

und kommen überein eine Waffenpause zu verkünden
Ich habe eine Schwester Kafuma die dreimal Schöne:
Nimm sie zur Frau sagt Bori ich gebe sie dir
Der Kazike zierte sich nicht und gab sein Wort:
Ich kenne ein Lehen unsre Nachkommenschaft zu gründen
Dort ist Platz für eure Leute und eurer Hab und Gut
Die Prinzen vermischen sich indem sie ihre Geschlechter
vereinen
Denn *die Leidenschaft war glaubt es mir stark*
So heiratete Kalira der Jaguar Kafuma die kurze
die edle Dame mit den kräftigen Händen
dem blauen Zahnfleisch und dem kettengeschmückten Hals
So vermählten sich Afrika und Amerika
noch bevor sie einander beim Namen kannten
Und der Grund der seegrünen Tiefen wird wahrscheinlich
entvölkert
von den Zunächst-Angeketteten-Gebrandmarkten-und-
dann-triste-Tierkämpfer-zum-Glück-des-Haifischs-über-
Bord-Geworfenen

Hier nun endet das Epos Abubakaris des Zweiten
von uns eigenhändig am heutigen Tag abgewandelt

III

Sie würden jetzt lieber alle rudern:
die siebzig Passagiere
und das heißt siebzig Beherzte
und siebzig mal zwei Arme
nun ja nicht ganz nicht wirklich
wenn man die Schar Kinder nicht mitzählt
da unter der öligen Plane in der Mitte
Schwanken der Wasser Schellen der Leiber:
wie sehr sie doch lieber rudern würden
jeder Schlag
die Pracht einer Ehrensalve
und des Wagemuts Aufbrausen
Aber Ellbogen an Ellbogen
stehend meistens
sitzend wenn's sich machen lässt
werfen sie einen stumpfen verquollenen Blick
zum in Wehen sich windenden Himmel
Denn nun kommt die Nacht nieder
kommt holterdipolter
kommt mit der Hast
eines Tages hässlicher noch als der gestrige

Wo ist des ersten Morgengrauens auf See
schmerzlich Wundersames:
Hals über Kopf der Aufbruch (es galt die Ebbe zu reiten)

der gemächlich gute Miene macht zur Reise
überrascht die Augen die sich an Salz und Wind gewöhnen
säuerlich die Achselhöhlen wo allmählich
die Furcht und ihre Bächlein versiegen
Geist (frei na klar) aus dem Alltag enthaspelt …
Oh hier und da vernahm man schon einen Schluchzer
(aber den Verzicht zu wiegen
wird eine Träne niemals fähig sein)
Das Wasser hatte klare Gründe:
Wir kennen ich kenne wir benennen
jetzt unsern Grund auf-Erden-zu-sein
er hängt an diesem Boot
Dazu der Fischadler der dort droben Kreise zog
wie das gezitterte Versprechen der Rückkehr
Und Alassane oder war's Maguett …
auf einem Kanister hockend
sang mit einer Kopfstimme
die jene des Motors übertönte

Aber heut Morgen ist's gar kalt
so ins Nichts zu starren
ins Überhauptnichts
Nichtsundnochmalnichts
das rings um sich herwogt
Am siebenten Tage wird nichts mehr gepriesen
und schon mal gar nicht der Tagesanbruch
– nebenbei wo sollten wir auch ich frage Sie beten …
Falls ich sicheren Hafen erreiche
werd' ich's gewiss vergüten

Zu spät zu früh ist's für Reue
Zehn Tage so hatte man's uns versprochen
zehn Tage mehr nicht

Und was ist schon eine Woche
häh? im Leben einer Niete
Freundschaftspreis – auch wenn dein Leben keinen Pfifferling
wert ist:
Du isst und sülzt aber bringst nicht eine Krume nach Haus
Ambitionen hast du aber nicht einen Bürgen:
Hier kauft niemand deine Dreigroschenträume
Dort ist besser: Du lässt ein Samenkorn fallen
und jetzt auf gleich im Handumdrehn
ich schwör's dir keimt es gedeiht
Und besser als Rudern fürs Rudern
ist's auf was aus zu sein

Eines Abends lungerte ich am Strand herum
eine kreischende Möwenmeute störend
die ausgelassen Fischlagen umzingelte
– bedacht auf den Eingeweiden nicht auszugleiten
begierig meine Wollust von einst wiederzufinden
vor goldbraunen Garben der glorreich sinkenden Sonne
war der Horizont soweit ich mich entsinne
von einem Riesenkutter versperrt
der die Sonne in den Hintergrund zwängte
Wer ist denn schuld daran wenn der Fisch sich rar macht
und unsre Fangfahrten vergeblich …
Das Gefasel später Klatschweiber
unterbrach die Litaneien der Fischer
Mit derben Fingern wogen sie was noch kaum ausgebrütet
Während sie den Männern vorwarfen
der See unwürdig zu sein
schien es mir plötzlich
dem Sohn einer gestrandeten Begabung
dass sie mit ihrer Finger Missgunst
mir die Kiemen spreizten

den zweifelhaften Frischegrad
meines Siechens zu ermessen

Mit flinker Hand zeigte der Lügner auf den Ozean
und sagte: die Pfütze die mir nasse Füße eingebrockt
Die Ärmel voller Asse wirst du zurückkommen
mit Truhen aber riesig
und einem Berg an Koffern
mit Ray-Bans deine Absichten zu vertuschen
und an der Lippe der Stummel Verachtung
Man wird in der Stadt von dir sprechen
dich bauen sehn und mitgiften
heiraten taufen und nochmals bauen
Ganz zu schweigen davon dass Tag und Nacht
Bitten Huldigungen und Einladungen
deinem Heim niemals ausgehen werden
Man machte soeben eine Barke flott an einem vereinbarten Ort
und da ausgerechnet genau der eine Platz noch frei war
Packe das Glück beim Schopf: Für dich hat's keine Zeit
Also bin ich leichtfertig zur See gefahren
ohne Mütze ohne Happen ohne Asche
ohne Trommel ohne Trara ohne Vorwarnung
nur dieses Handy aufgeladen
und eine Flasche mit Bügelverschluss in die Tasche gestopft
darin ein Safara extra eingelegt
von einem Prophylaxen- und Protektionenkenner
einem wahrhaften Schicksalbändiger
Weder für's Leder noch für die getönten Gläser
aber für die Geste die jedem von uns
(die wir weder Fisch noch Fleisch sind
sondern im Stich gelassene Gedärme
auf dem klebrigen Sand des Jahrtausends)
die singuläre Statur einer Person gab

Nun bist du also an Bord sagt der Schlepper Günstige Winde
Siehst du am teuersten kommt dich der erste Schritt zu stehn
Den Beutel voll mit Barem verschwindet er lächelnd in der Ferne
Aber unsrer Mütter unsrer Schwestern und Frauen
Opferbereitschaft ein jeder weiß um sie:
Für unsere Fracht werden sie ordentlich blechen
und aus dem Geschmeide ihrer Tränen werden sie sich Ketten
machen
denn jedes ertrunkne Leben ist ein Edelstein
der auf den Grund des Ozeans gesät
Zu viel und zu wenig meine Kinderlein
(schnürst du den Schurz des Mutes auch feste zu
wird er dir letztlich dennoch zum Stolperstrick)
zu viel und zu wenig gehen zwangsläufig Hand in Hand

Ich heiße Soundso wie's in meinem Pass geschrieben steht:
Dieser Name hat mich was gekostet er darf sich rentieren
Den anderen halt' ich rein behalt' ich für bessere Tage
Wenn sie Soundso schnappen dingfest machen um ihn
abzuschieben
werd' ich ihnen als Trophäe diese Klamotte lassen
Tatsächlich wird er mir picobello bleiben
mein Name der meine der eine und das Glück das mit ihm
hinauszieht
Als meine Mutter mit ihren Augen weinte
und schluchzte: der älteste Sohn meiner Rivalin
spürte ich wie mir an meinen Sunjata-Armen
lange eiserne Klingen wuchsen
die einen dieser Baobabs entwurzelten als wär's ein Halm
nur um ihr ein Blatt zu schenken
Wie ihr die in meinem Namen so viele Opfer darbrachte
nicht die Wünsche von den Lippen lesen

und unterm Spitznamen diesen Ritt nicht wagen …
Wenn ich erstmal dort bin werde ich sie mit mehr Gold und
Schmuck bedenken
als sie verkaufen musste um mir die Reise zu schenken
Wenn's mir gelingt wird man sagen dass ich was geleistet habe
Und falls ich Schiffbruch erleide wird man wenigstens wissen:
Besten Gewissens hat er in den Sand gebissen
Und komme ich nicht nach Barsak – Vorzimmer des Paradieses
gehe ich morgen in die Geschichte ein
gewiss namenlos inmitten des Schwarms aus der Hölle
aber als Visa eine kühne Kausa
Was nach deinem Tode geschieht
willst du's wissen musst du reisen
Meine Mutter meine Zarte meine Komplizin
es ist als sähe ich sie schon
sich an die Leere lehnen bei der Nachricht dieses Trauerfalls
mit den Händen rudern und zusammensacken
ganz in Tränen und doch so von Stolz erfüllt
auf diesen versierten Baum der mit den Fäusten
Nachbarins bösem Leumund die Schwelle verwehrt
Sehen Sie bei uns ist die Eifersucht nicht klein

Bei Anbruch des zweiten Tages
die See im wahrsten Sinne aufgewühlt
doch Gott sei Dank ging alles gut
Durch ein Wirrsal aus Koffern und Leibern watend
bahnte sie sich torkelnd einen Weg bis zu den Kochplatten
glättete ihr Kleid nach dem ein Taugenichts beim Vorübergehen
gegrapscht
bevor sie sich zur Pflicht erhob
aus hausfräulicher Gewohnheit
und um sich die Langeweile zu vertreiben
Kaffee zu machen mit dickem gezuckertem Rahm

im Plastikbecher
dass es ihnen allen wohl werde Selbst denen
die backbord ihr eigenes Süppchen kochen
ohne weder's Meer noch die Leut' zu beachten
Wie die Pflugschar furchte das Boot
sein Heckwasser war das Schlepptau für infamen Kram
dem Möwengeschwader hämisch kreischend folgten
die ganz in ihr wellendes Ansinnen vertieft
Da es auf dem Meer keine Zweige gibt
wo nisten nur alle die Vögel …
sie spürte am plötzlichen Ziehen ihrer Brüste
dass ihr kleines in der Stadt gebliebenes Kind sehr sehr
hungrig war
Da fährt die Angst ihr tief in den Magen und der rinnt ihr
die seidenen Schenkel hinab auf die weichen Fußknöchel
und so muss sie nun kräftig
auf die Zähne ihres inkontinenten Herzens beißen
vor den Augen des Gauners
der sich gähnend die Gelenksteife
aus seinen Ärmeln schüttelt

Das Leid vertraut er mir an
sprichst du davon rufst du's schon
Nur das Geschoss das da auf uns zuhielt
höher als die Wolkenkratzer des Nordens
und so schwefelnd wie der Brutkasten des Bösen
Das hat mir keiner gesagt:
Ich hab's gesehen so wie ich dich jetzt sehe
dich klein voller Gehorsam und Entsetzen
dein Fleisch eingelegt in zwei Fangschlüsse
die wir nicht in Versen fangen werden
die wir in kein Gedicht schließen werden
Teuflische Stille war ihm vorausgegangen

nach der das Geheul seiner verfluchten Turbinen
umso betäubender erklang
Nein die Hölle erzähle ich dir nicht:
Du kannst solch vollständige Unsal nicht fassen
ein Ganzes das so kolossal ist dass der Geist falsch läge
wenn er sich bemühte dort Parzellen zu erhellen

Neunter Tag Das Meer runzelte böse die Stirn
und entfaltete die Palette seiner Tobsucht
Auf dein Wohl Kumpan gröhlte der Kapitän
den die ungeheuersten Launen der See nicht erstaunten
das Meer das du überquerst ist ja nicht
das Meer das du austrinken sollst
Von Beruf Fischer diente er uns als Steuermann
mit anderen Worten: Für ihn war die Reise gratis
Verdammt: *Wer den Preis für einen Sack Reis begleichen kann*
ist nicht immer stark genug ihn zu schleppen
Aber das Meer wie soll ich sagen man zürnt es nicht ab
Drum alles über Bord was uns teuer zu stehen kommen könnte
die Gefühle zuerst denn sie sind am schwersten

Ich hatte einen Freund einen einzigen einen Mehr-als-Bruder
Faser meinem Herzen Pupille meinen Augen
Das Zeug zum Abenteurer hatte er kaum
– und weniger noch ich bestätige das die Sparbüchse
Doch einen Riss im Herzen wegen der Sippe
die ihn abgewiesen wiewohl er doch immer noch
wer weiß ach so liebend gern Aufnahme fände
wär' er nicht einzig aus Liebe zu mir fortgegangen …
Der Weg und der Kuss sind bekömmlicher wenn man nicht
um Erlaubnis fragt
behauptete er und sein Lächeln war verschmitzt
Und: Weiß Gott allein doch was weiß Er schon …

Nach zwei Nächten in denen er im Fieber geschwitzt
betete er recht absurde Vaterunser
Als Steuermann so wollte das nunmal sein Wahn
redete er von sich in der dritten Person
und die Majuskel sie war deutlich zu hören
Er gab einem wirren Volk Zeichen
lud es ein es sich bequem zu machen auf seinem Kahn
und in ein Wort viel zu viel Blasphemie
Mit der einen Hand ein Stück Süll schwenkend
und in der anderen ein unsichtbares Fernglas
befahl er seinen Gästen Gas zu geben
Volle Kraft voraus und ihr anderen achtet auf die Riffe
Mit zittrigem Finger wies er zum Horizont
an dem er schon Klippen sich abzeichnen sah
wo so sprach er antike Zitadellen thronten
Dort droben dafür steh' ich seid ihr sicher
(doch was ist das Versprechen einer Felsbresche
all denen die im Schwange des Schwalls gefangen sind …)
Darüber Panik und böses Wetter:
Zur Morgenröte verlor der Geist sein Salz
und der Mund seinen Spott
Zuerst hatte ihn die Übelkeit übermannt
und dann platzten seine Lippen auf
saftend wie zu reife Beeren
Am Ende hätte man meinen können eine Fackel
mit diesem rotglimmenden Blick
dem Stab seines Leibs als Mundstück aufgesetzt

Und sagen wir könnten rudern
Halt suchend auf des Nachens schmierigen Planken
die unsere Gelübde vernieten
und kaum über unsre Ruder gebeugt
streiften wir die Ringe von unseren Fingern

und die Angst zu scheitern triebe uns Falten auf die Stirn
(Denn auf unsrem Namen lastet eine Hypothek
Risiken und Rückraten wurden überschlagen
und so lautet eure Mission bei dieser Sache:
Das geht nur dann nach hinten los wenn ihr nicht nach vorne schaut
Also dreht euch nicht um
bis der Sack zugemacht Enttäuscht nicht unsren Traum
Natürlich zwingt dich niemand zum Weggehen
Aber: *Wer geht hat nicht das Recht zum Märtyrer zu werden*)
Für's erste parierten wir die Barke
um uns eine Gangart vorzugeben
und legten dann einvernehmlich einen Zahn zu
zwängen unsren Schaufeln unser Begehren nach Ausbruch auf
Und sie (unsre Barke) schwingt mit einem Mal empor
und überfliegt in Gischthöhe tänzelnde Tangteppiche
die Transhumanzen namenloser Herden
die sieben Glutkreise verschütteter Vulkane
Wracks tiefgründige Dramen Riffe
Und sagen wir könnten rudern
unsre Schrecken zu meistern
zusammenzuhalten
rudern einfach nur zum Zeitvertreib

Man wird ihn wohl rausgeworfen haben
(aber die Dinge die Gott ein Graus)
trotz der Aufheiterung trotz des Funkens
der noch in seinen Augen flimmerte
mit zwei Kanistern Benzin
ein paar Kartons drei Koffern
und dem Rest unsrer Vorräte
In meinem Halbschlaf
(Judas der ich bin

der ich ihm versprochen-geschworen hatte
auf ihn aufzupassen
was auch immer geschäh')
habe ich es fast gehört wie sein Auge
im Wasser
aufzischte
Doch ihn fallen zu lassen kommt nicht in Frage
denn wir waren was auch immer man sagen mag
Freunde Herz und Seele einer des anderen Matrose
an Land wie auf diesem Floß
Ich werde erneut aufbrechen: Erstens habe ich bezahlt und
    für drei Versuche
Zwotens gehört der Ozean den Beherzten

Wenn es denn sein muss siebe ich eben das Meer
und sei es mit der Kornschwinge meines Lebens
und wenn ich es trockenlegen muss
schließe ich halt einen Pakt mit der Sonne
und um es ordentlich zu füllen zu stopfen
werde ich allen Sahel-Sand hineinkippen
Natürlich werde ich ihn wiederfinden
meinen einzigen Freund meinen Mehr-als-Bruder
meinen fieberschwachen Geliebten im Bußgewand
bis auf die Knochen eingeweicht in zwei Fangschlüsse
die wir nicht in Versen fangen werden
die wir in kein Gedicht schließen werden
Denn unser Kennen
und hier nun das Wahre
kennt kein Enden

Grauer Oger
gierig nach Traum und Fleisch
Riesenbottich

in dem so viel Abwasser gärt
hörig dem Umlauf des Mondes
Verfluchter Seelenfresser
von durchtrieben blaurotem Gemüt
lang währt sie du weißt es die Rachsucht der Menschen
Ruhm den Dickbäuchen
am einen und am anderen Ufer:
Ihr Hunger verträgt sich
mit den Gelüsten des Ozeans
Und Ruhm dem Klan
den Grenzen und den Schranken
Hoch sollen sie leben
die Stacheldrähte der Sitten und der Bräuche
an denen sie sich aufspießen
all die schrägen Schmetterlinge
Rebellen gegen die Register
Legenden und Sammlungen
(aber die Dinge die Gott eine Schmach)

Mehr als ein Harmattan bringt uns das Gespenst des Elends um den Verstand
Ich sah Dirnen sie waren Waisen ihrer Lenden
vor der käuflichen Trommel nacktbeinig tanzen
und sich dann die Zipfel ihrer Kopftücher richten
und (erneut für die Kamera) ihren reichen Bazin nach dem Ball glätten
Ich hab' andere gesehen sozusagen das Fell über den Ohren
wie sie kamen und fortwährend ihren Sand in den Kummer schrieben
verfluchend das Werk der Welle und der Zeit
jener Alleskäuer ganz gleich ob Mensch ob Ufer
die ihre Happen wieder hervorstoßen
in langen Schwällen aus brackigem Speichel

Und wir Blinde die wir sind
baden auf solch ebenen Friedhöfen in der Sonne
Und Ndèye gräbt ihre göttlichen Zehen
in dieses lauwarme Pulver
auf das die Scherben
ihres kristallenen Lachens fallen
(hysterisch dieser Klartext)
Doch im Grunde im Grunde
ist dies nicht das Recto des Verso
und der gleiche Schmerz gleicher Mütter …
(Denn den Verzicht zu markieren
niemals wird ein Tanzschritt dazu fähig sein)
Und was sagst du zu jener besessenen Einbeinigen
die Nacht für Nacht kam das Meer zu karbatschen
bis zu dem Tag da sie endlich begriff
dass sie sich in der Geschichte und Jahreszeit geirrt hatte …
Vergeltung und Gezeiten kennen Tagundnachtgleichen
tönt die prahlende Stimme eines Händlers
der schwankend auf seinen Ballen hockt

Ach wie hübsch sie war unsre Piroge
mit dem frisch gestrichenen Rumpf
in drei bis vier frohen Farben
mit den gesäßpolierten Bänken
dem sauber aufgerollten Tauwerk
und sogar so vielen Schwimmwesten
wie es Frauen und Kinder gab
am Heck unterm Barkholz verstaut
zwischen dem Gerümpel der anderen Passagiere

Wär's als wir ablegten Mittag gewesen
hätten wir sofort geschnallt
dass wir auf einem faulenden Einbaum saßen

auf die Schnelle mit etwas Motorähnlichem versehen
Ein aus dem Schlick exhumiertes Wrack
einzig und allein zu diesem Zweck
und geflickt ohne Reim und Verstand
Dass sie (unsre Pechmarie)
von ozeanischen Dingen nichts wusste
anders als unsre Pirogen von einst
die geschmeidig und großspurig die Kämme zuritten
und sich in stolzen Schwüngen entfernten
Wär's als wir in See stachen hellichter Tag gewesen
hätten wir ihn schief uns beisitzen sehen
den Tod der um uns Platz zu machen
ein Bein übers andere gelegt hatte
wie ein Leisetreter
Und gestelzt noch dazu
Lassen Sie sich durch mich nur ja nicht stören
ein Eckchen Bank wird mir ganz und gar genügen
Er hatte schon einen Zahnstocher aus seinem Beutel gekramt
Ach wär' die Sonne nur nicht säumig gewesen
hätte ich das Rosenkästchen längst gelüftet:
Denn gemalt auf den Rumpf der hölzernen Wanne
zwischen zwei Zierleisten und einem Zum Geleit
stand der Name Charon
die Strafarbeit für weniger Zweideutelei

Allen Leuten die guten Willmuts
die dunklen Gewässer des unvordenklichen Chaos befahren
dort wo die Dschinn wütend
ihre gefärbten langen Locken
mischen und in Sturmböen
flattern lassen
kommt Reue tausendmal
die Reue tausendmal für wahr

Bei der Fahrt über jene gellenden Kloaken
schwor der Schrecken selbst die Unerschrockenen auf seinen Kurs
ein
Der Kapitän legte sie an eine Laufleine
damit sie nicht zu Dutzenden in den Abgrund stürzten
In jenen Nächten stimmte Alassane oder war's Thierno ...
lange Totengesänge an
die aus der vor madigen Mysterien krösenden Leere widerhallten

Am dritten Tag drang ein Rinnsal Wasser
durch ein kleines Leck vorn am Boot
und netzte die Wunden unsrer Füße
Da's meine Jungfernfahrt ist
habe ich mir ein Blatt vor den Mund genommen:
Ein Fremder hat zwar große Augen
aber er sieht stets nur was er sehen will
Am vierten Tag
da stieg das Wasser ein wenig ein wenig
und ein Gezänk begann
am fünften brach ein Spant
und es kam zum Krach
eine Schlägerei gab's am sechsten
und drei Männer im Strom
für ein paar Worte:
Will man mich vielleicht dran hindern meinen Fisch zu fangen ...
Weißt du denn nicht dass er verkauft wurde
dieser Morgen Meer auf dem du fischen willst ...
Komm nur her dass ich dir an den Kragen geh' und den Hals
umdreh'
(*Aber die Dinge die Gott nicht gefallen*)
Am siebenten nichts zu berichten:
Wir erhielten unsre Ration und
erfuhren gleich im Anschluss

dass es am Ende war und zwar ein für alle Mal
unser Essen

Beinah besänftigt plätschert die See
wir bereiten dreimal Tee zu
Und wir reesen oh alles und nichts
während andere still vor sich hin pützen
abwechselnd um Schweiß zu sparen
Es heißt das Meer stellte dereinst seine Ansprüche
gestand nur seinen wahren Auserwählten zu
es zu besteigen mit ihren Handlangern
Letztlich kanntest du sein Spiel
und dein Herz kanntest du auch
Aber in puncto Spiegel
sehe ich ringsum nichts
außer zinnlosen Fluten
ein riesiges Sterbehaus
in das uns die brutalen Marktordnungen
ohne Wertung abschieben
Am achten Tag
da fand er uns der Durst

Verdunstet das Regenwasser
das bis dato in den Falten der Teerplane kauerte
und der Harn so selten dass niemandem mehr nach Teilen war
So mussten die Überlebenden die am Heck kauerten
(kaum noch ein Viertel der Besatzung)
mit ihren Muschelhänden
das fatale Wasser schöpfen das ihnen in der Kehle brennt
und ihren Geist verhöhnt

Am zehnten Tag bleibt das Meer rauh
und die Wellen Kaventsmänner:

Zu dritt drillen sie unsre Zille und die giert
zittert und ächzt und jemine
kreuzt siebenmal hintereinander ihre Heckwelle
Und nun heult der Motor plötzlich auf
und säuft ab Jetzt lasst uns aber sofort kehrtmachen
blöken die Passagiere Welch Kriobol bahnt sich an …
Sollen wir denn heute unser Ende kennen …

Eine junge Bohnenstange
versucht sich als Tribun
inmitten des Schluchzens des Röchelns und Betens
Seine Arme wundnässen
vom Heißsporn der tollwütigen Sonne
durch drei übergestreifte Pullis
(so wenig Gepäck wie nur möglich)
hindurch gebrandmarkt
Seine Zunge geschwollen sein Kiefer schwer wie Blei
Wortschaum an den Mundwinkeln
die Pupillen passionsgeweitet
Wie er sich plagt der Verzagte
mit Krakeel und kahlen Gesten
zunächst noch stammelnd dann ergießt's ihn:
Gemeinsam können wir den Schiffbruch stemmen
und wieder in unsren Heimathafen einlaufen
Sieh: ein Fischer du und Fischersohn
die Sterne der Wind sind dein Kompass
und sie dort Himmelsamme genannt
weiß Regen zu machen – wir werden das Wasser auffangen
in Taschen oder auch in dieser Plane
Er hat gelernt mit Harpune und Schleppangel zu fischen:
Wir werden den leckren Saft der Fische trinken
Aissatou wird ins Wasser gehen und den Rumpf kalfatern
und Justin wird unsre Wunden gut verbinden

Ich werde weiterhin das Logbuch unsrer Drangsal führen
Denn wenn man und zwar zurecht den mit Hohn und Schmach
   bedenkt
der sich aus der Verantwortung stiehlt
ertönt Beifall jenen die eine Reise getan
und Lob denen die ihn kennen den Geschmack der Gefahr
und endlich den Weg nach Hause finden
Bitte bitte lasst uns kehrtmachen Gewiss (schlussfolgert das Kind)
zwischen den Tropfen und das Salz
kann Gott noch den Finger legen

Ganz kirre dieser Knabe sprach der Steuermann – Mondgesicht
und lächelnd wie Odysseus gen Ende der Irrfahrt
Die Mutter des Mutigen sie hat keinen Sohn
Nicht nur das GPS ist durchnässt
sondern lasst mich sagen was ihr schon ahnt
auch der Austauschmotor ist AB
Und ganz bodenständig wie kein zweiter
wettert er los: Du mein Kleiner der du auf der Schule warst
kehr' nur zurück auf die Felder wenn dir danach ist …
Jedenfalls wird dieses Joch nichts für uns sein
nichts für all jene die wie ich
hebt die Hand dass man euch zählt
den Norden noch nicht ganz verloren haben
Ich rufe Hilfe: Das Festland ist nicht mehr weit
nicht mehr weit unsre spanischen Schlösser
Schlimmstenfalls verbringen wir ein paar Minuten
in Quarantäne auf ihren alten Burgen
Aber euer Land euer Name
so ihr sie denn am Schalter vergesst
wird er kommen der Tag da man euch laufen lässt
Ich stelle mich vor: Ken Oûtis Wie gut dass …
Nicht wahr … dass jeder weiß dass ich Niemand heiß …

Wir werden dieses Reich
durch die Hintertür betreten
schreibt euch das hinter die Ohren
Gleichwohl unterm Strich kommt's drauf an
zwischen den Maschen hindurchzuschlüpfen
damit auch wir was vom Paktolos haben
Letztlich fragen wir ja nur nach Arbeit

(Aber was ist eine Reise anderes
als die Hochzeit von Gespinst und Ungeduld …)
Und sagen wir hätten rudern können
Genick geknickt aber Handgelenke sehr emsig
Mit unsren verkuppelten Leibern eine vollkommene Parabel
zeichnen
Die unmerkliche Diskrepanz unsrer sich unendlich wieder-
holenden Gesten abschreiten
Und sagen gegen den Strom hätten wir rudern können
rudern einfach nur um die Zeit tot
und dem Tod ein Schnippchen zu schlagen

Erschöpft schlägt der Balg sich ab verstaut sich auf den Planken
und das Heft mit den Schmarren das er sein Logbuch nennt
purzelt unter eine Bank um sich vollzusaugen
Aber was man da in der Ferne hört
ist das nicht die Sirene des Küstenwachbootes …
Und noch eh wir uns versehen
ragt schon das Boot geschwind wie die Muräne
neben uns in die Höhe (eine weiße Mauer aus Rettungsreifen
Radar Sprachrohr Reling und wasserdichte Kabine)
und unser Ausflug fällt trocken
Da beginnt Alassane oder ist's Yacine …
ein kleines Rätsel zu trällern
und ohne sich Böses dabei zu denken verhunzt er das Original:

Freiheit Sicherheit und Gerechtigkeit sitzen in einem Boot
Freiheit und Gerechtigkeit gehen über Bord
Ratet oh ratet mal was da wohl noch übrig bleibt …

Man hilft denen die noch nicht tot sind
sondern nur schocksteif an Bord zu gelangen
Nun sind sie auf der Brücke wo Zelte stehen
mit Wasser Medikamenten und Decken
Gut Vom Unglück der anderen ist man schnell genesen
Man richtet Tragen her für die Bruderschaft derer
denen Vögel die Augen ausgepickt hatten
Ein hübscher Fang an Mehr-Gesteiften-als-Geräucherten
an Ertrinkenden im Dunstkreis unsres Floßes
das Wasser macht Man muss schon sagen wir schlagen uns gut
Jene dort treiben ohne den Alten folgen zu können
die auf dem Grund des Teichs prosten
während wir über ihre Heldentaten Höllen
und Qualen und schließlich ihr Amerika dahingleiten
Lasst uns dieses Wrack so schnell es geht in den Hafen schleppen
aber zunächst soll man's entspunden
Verholen wir's ohne die Trosse zu schonen
Erst abwracken und dann ab auf den Friedhof:
eines mehr das seine Welt nicht mehr töten wird
Und dennoch werden ein oder zwei Tageszeitungen sein Foto
drucken
Bedrückt sondieren zwei Freizeitsegler den Nachen
der den Strand kränkt bevor ihn der Presse Rachen bekommt
Gefahr für den Tourismus
titeln die Schlagzeilen

Da sind wir nun denn wie Soundso so schön sagt in Sicherheit
nur dass Alassane oder wär's sein Homonym
sich kategorisch weigert aus der Piroge auszusteigen

Er hockt noch immer auf ihrem Rammsporn
lässt die Beine baumeln wippt mit dem Kopf
macht sich seine Reime und führt Monologe
Ganz nebenbei gesagt: Wir kennen ihn recht gut
der Alltag ist nicht gerade seine Sache
(doch macht das nicht den Helden aus …)
und wir halten ihn für einen der über unsren Lappalien steht
Wir waren noch auf dem Küwabo
da höre ich wie er meine Devise pfeift: Mein Guter
wetten sie kriegen mich nicht zu Gesicht
Er steht auf deutet einen Tanzschritt an
wedelt mit den Armen windmühlt die Lüfte
tapert und tappelt wie der verhinderte Albatros
eine regelrechte Pantomine halt Wetten wir
dass sie mich nicht durchschlüpfen sehn …
Nicht gesehen ist nicht erkannt
ich bring dich ganz durcheinander
Los wir treffen uns später in der Stadt
Und dann trudelt er ins Tiefe
Seinen Boonie lässt er am Schiffschnabel hängen
Seht: Da ist er zwischen Himmel und Meer
zwischen dem Salz und dem Tropfen
Verschwindet und taucht winkend wieder auf
Wer Augen hat zu sehen
Aber ja doch kein Zweifel: da dieser Punkt dort
möge er's Beste draus machen
Da sieh' mal einer an er ist uns glatt voraus
Womöglich ist der Glückspilz bereits angekommen
Für jetzt wird er das Ufer erreicht haben
das heißt falls das Ufer auf seiner Seite steht
Jedem sein eigenes Glück
doch alle die Spürsinn haben
neiden ihm was ihm gegeben ward

Alassane wenn ich Helden besang
dann weil du sie beschlossen hast die Reisen
Es ist also Zeit Zeit *dass das Wort nunmehr anlegt*

New York, April 2010

Die Arbeit an dieser Übersetzung wurde durch ein Arbeitsstipendium des Deutschen Übersetzerfonds gefördert.

Mit freundlicher Unterstützung des Institut Français, Deutschland

Dichtung bei Matthes & Seitz Berlin

Erste Auflage Berlin 2021

Göhrener Str. 7 | 10347 Berlin
info@matthes-seitz-berlin.de

Satz: Michael Rosenlehner, Berlin
Druck und Bindung: Pustet, Regensburg
ISBN 978-3-95757-911-9
www.matthes-seitz-berlin.de